文豪时代错误的推理 A

〔日〕森晶麿 著

〔日〕和明 绘 张泽阳 译

新 星 出 版 社 NEW STAR PRESS

目 录

序

"龙之介，龙之介，快来！"

我隐约听见一个声音，便醒了过来。也不知是女人的还是少年的，甚至可能是能言语的乐器发出的声音，总之让我感觉非常舒服。

"龙之介啊，你真是的，快来啊！"

从这粗暴的说话方式就能知道，说话的并非我的妻子阿文（注：**芥川文，芥川龙之介之妻，旧姓塚本**），但似乎也并非孩童。在田端（注：**田端，地名，是芥川龙之介深爱的地方，也是他死去的地方**）的家中，没有人会以"龙之介"称呼我。如此一来，难道这里并非我的家？不，没道理啊……

毕竟，我已经在田端的家中于深夜了结了自己的性命。

一时间，我以为自己正身处黑暗之中，但眼皮下方突然感觉有一道光亮。我睁大眼睛，只见空中挂着一轮圆月。月亮就像用栗子制成的圆羊羹，面朝昏暗的大地露出微笑。

我忽然想起了"月之人"。所谓"月之人"，指的是我在《某傻子的一生》中描写的一个女人。我已经能预见到，在我死后，一定会有许多女人坚称自己才是"月之人"吧。

然而，我只能说就连我自己也不清楚，到底谁才是真正的月之人。如果我能搞清楚，就不会像这样孤独地死去了。

死去……

死——难道我还没有死吗？

我服下的药剂确实达到了致死量，我现在应该已经死了才对。

但不知为何，我现在清醒着。我感到莫名其妙，难不成昨晚偷偷喝下的毒药从我身体中排出，消融于月光之中了吗？

我摸了摸自己的手。这的确是我的手，我正是用这双手握住妻子的手，向她道晚安的。真是不幸，要是我自杀未遂的事情被阿文知道了，她一定会生气的。阿文发起火来，那可比什么雷神风神都要可怕。

虽然我的身体尚无法活动自如，但取而代之的是，最近一直盘旋在我眼中，让我苦恼不堪的齿轮幻影终于消失不见了。这是个不错的征兆，仿佛病痛都随之远去，哪怕只是暂时的。既然我已经从肉体的痛苦之中解脱了出来，岂非说明我果然已经死了？真的死了？这样的话，就真是太好了。

可现在的问题在于，我完全不清楚这里是什么地方。既然能看到夜空中的月亮，那就说明这里是室外。说起来，在阴间会有月亮吗？还是说，这里其实是暗穴道呢？我不清楚。所谓暗穴道，是指连接人间与地狱的道路，终年不见天日，刮着呼啸刺骨的风。我曾在《杜子春》中如是记载。原来这里就是暗穴道吗？

"龙之介，你给我适可而止，我都等得不耐烦了！"

这时，又传来了神秘而中性的呼唤声。

不久，我的眼前出现了一扇模糊的大门。我正身处于通往那扇大门的石阶上。这里就是森罗殿的大门前吗？

还是说，这里是罗生门呢……

这里的气氛，就好像是把我以前想象出来的罗生门与森罗殿前的景象混合而成的一般。如此说来，这里果然不是现实世界。

在我所写的那个故事中，罗生门始终下着雨。而今夜的罗生门没有下雨，空中还挂着一轮圆月，也没有前来避雨的仆人。莫非如今抵达此地的我就是那个仆人吗？我的脑中不禁浮现出如此荒唐的想法。

"龙之介，喂，给我适可而止！"

就在此时，我又听到了那个声音。声音既非从门后也非从门前，而正好从门中传来。在我周围闪烁发光的无数眼球，莫非是鬼怪？它们直直地盯着我，好似要扑上来将我吃掉。

看来，这里是地狱的入口无疑了。若非如此，还能是什么呢？我选择了绝不会失败的自杀方式，怎会那么轻易地死而复生？

我一站起身来，便已确信——只需前倾身体，就能踏出一步。于是我迈出脚步，登上石阶。那些鬼怪看到我昂首阔步，似是惊疑不定，一个个犹豫着不敢上前。这就对了，你们都给我老实待着吧。别看我这样，我的功夫可不一般。

我走上石阶，从脚下传来的触感与生前并无二致，真是不可思议。我还以为人死后，身体活动起来会更加轻巧呢。

我到底是死了，还是没死？我到现在也搞不清楚。一感到不安，我不禁又想吸鸦片了。不可否认，我最近越来越依赖鸦片了。要是我还活着，就不能没有鸦片。要是没了鸦片，我可真的活不下去。更何况如今我正身处地狱之中，这可让人犯难了。早知道就该在死之前好好调查一番，地狱之中是否也有鸦片。

"龙之介。"

我走在石阶上，门内又传来了那个声音。既然这世上有鬼怪，那么有会说话的门也就不足为奇了。

就在我这么想的时候，伴随着"真是让人好等"的声音，有什么落了下来。来者非雨非雪，而是更大的东西。我倒不会说自己没有被它吓到，只是毕竟我可能已经是个死人了，因此不会将惊愕之情显露在脸上。

我定睛一看，只见眼前站着一个身缠破布的女人。虽然眼前的女人身材丰满，破布难以遮挡，让人忍不住想多看几眼，但她目光锐利，似在拒绝别人将她视为女人。

"你是何人？"

"袴垂啊。"

"袴垂？"

"喊。"她咂了咂舌。

我当然知道，袴垂是在《今昔物语集》中出现的盗贼。但我记得那个盗贼并不是女人，而是个男人。最重要的是，平安时代的盗贼为何会出现在这里？难道说，地狱之中不分古今？

"你为何会在此地？"

"要是按照我的说法，估计你会感到莫名其妙吧。那么我就用你能够理解，且更方便你理解的方式来说吧。这里就是你想象中的世界。准确地说，你可以把这里当成一个幻想的世界，是由你的想象以及接纳你的想象的所有人共同幻想出来的。"

"我完全听不懂你在说什么……你以为用这般胡言乱语就能糊弄住我了吗？你这个女人到底是从什么地方冒出来的？"

之前某一段时期，我被一个麻烦的女人缠上了。那个女人最令人感到棘手的是，我只和她发生了一次关系，她就拿一个和我一点也不像的小孩，硬说是我的。虽说这并非我产生自杀念头的直接原因，倒也是让我烦恼不已的一大心事，将我往死亡的路上推了一把。

我不禁想到，眼前这人莫不是她派来的刺客？看来直到现在，我的心中还残留着"这里是人间"的想法。

假设这里的确是地狱，那散发的气味也未免太难闻了吧？就算用砂糖煮鲣鱼干，也不会发出如此奇异的味道。这是我在葬礼上曾闻到过多次的死人的气息。

"尽管你给自己找了诸多理由，但你不就是因为囊中羞涩寻死的吗？"袴垂一边把弄自己的刀，一边朝我问道。

"不，并非如此。我是因为对未来有着说不清道不明的不安，才选择自杀的。"

"这样啊，我懂，我当然懂。但说到底还不是为了钱。不管是才能、女人，还是亲戚间的纠纷，乃至文坛上的摩擦，哪一桩烦恼不是只要有钱就能解决呢？说到底，你的不安来自你的内心，你输给了那幻化成齿轮的不安。不过，你的孩子怎么办？你的妻子又要怎么办？"

"怎么办都行。毕竟我在这方面，只是个薄情的男人罢了。"

"你这样只是以自我为中心而已吧？至少我是这么想的。"（注：原文使用的自称是"俺"，在日语中多为男人的自称。）

"你一个女人家，怎么能如此自称呢？"

"你很烦啊。"

袴垂咂舌道，接着盘腿席地而坐。如此，她那有如白瓷一般，又带着些许神秘气息的腿便露了出来。

"在生前，你曾受所谓的兽性驱使，对吧？你认为要活下去，就必须有兽性。在以我为主人公的《罗生门》中，也有你为此埋下的伏笔。"

"你想错了。首先，我从未说过《罗生门》中的仆人就是袴垂。话又说回来，故事来源是《罗城门登上层见死人盗人语第十八》（注：此为《今昔物语集》第二十九卷第十八节，《罗生门》来源于此），与袴垂登场的那一节不同。"

"可对看小说的人而言，这就无关紧要了。那个仆人后来成了平安王朝天下闻名的盗贼——袴垂大人，还是这样想更让人觉得充满希望。"

"就算是这样吧……但误解不止于此。说到底，即使我将兽性融入了作品之中，也不见得这便是我的主张。"

我深知，即使对别人说这些事，也不太可能得到理解。因为就算《罗生门》在文坛得到了较高评价，也不见得都是肯定的意见。

"算了，这些都无所谓。你且看看门那边吧，那就是你释放出来的兽性带来的结果。"

我一边为眼前这人的话感到诧异，一边看向门的方向。只见罗生门内外有着两种景象。在门内，灰色的道路似乎无穷无尽，是一幅阴郁、奇异又充满机械感的画面。

一栋方形建筑物矗立在那里，仿佛身处酒席中却毫无见解之人一般。另一栋铺设了玻璃的巨大建筑物则位于道路的另一侧。道路上描绘了白色的，如同梯子一般的线条，或许是为了让行人可以横穿两座建筑物之间的道路吧。现在明明是大白天，道路的前后方却亮起了圆形的红色路灯，面朝通行道路方向的路灯则是绿色的。

"这是什么？"

"这就是容纳了你的作品的世界。那些发着红绿色光的是红绿灯。在你的时代，是由警官手持旗帜指示行人前行或是停止的吧？"

"红绿灯……"

仅凭那些红红绿绿的光，又能明白什么呢？

道路上满是五颜六色的机器，它们排成列，川流不息。这些机器有车轮，所以我能猜到大概是什么交通工具，可要我说那到底是什么，我就完全没有头绪了。它们与我知道的汽油汽车或蒸汽汽车都不一样。

不久，路边的两盏圆形红色路灯开始闪烁，接着变成了绿色。同时，面朝似是车的东西的路灯则由绿变红。

这到底是怎么做到的？我百思不得其解，不由得脑袋发涨。而行人们看到路灯变绿，便开始走动起来。看着他们的样子，我只觉十分奇异。

不论是穿着过短校服的女学生，还是穿着贴身衬衣，将经过锻炼，晒得浅黑的皮肤炫耀般地裸露出来的年轻行人，或是不顾暑热依旧系着领带的男人们……这一大群人仿佛没有什么高低贵贱之分，谁都不对谁客气，就这样摩肩接踵地走动起来。

看到这奇妙的景象，我不禁屏住了呼吸。毫无疑问，路上行人都是这个国家的百姓，我却觉得自己仿佛来到了将日本帝国的首都东京整个机械化后的另一个世界。

"好戏正要开始，可别错过了。这可是历史性瞬间。"

"历史性瞬间？"

"兽性占上风的世界即将到来。"

异变陡生——

一名正准备过马路的女子的背影进入了我的视野，她有着一头美丽的长发，身后则跟着一个老太婆，如影随形。我定睛一看，发现老太婆手中握着一把剪刀。紧接着，为了不让那个女子察觉，老太婆轻轻拈起女子的长发。"老太婆想剪掉她的头发。"我之所以忽然产生这个想法，是因为那个老太婆与我写的《罗生门》中登场的老太婆的形象非常一致。

不同的地方只有一处——《罗生门》中的老太婆剪掉的是死人的头发，而我眼前的老太婆则打算去剪活生生的女子的头发。

"那位女士，有危险！"

我忘记了自己的处境，大声呼唤，可那名女子仿佛没听见。老太婆举起剪刀，准备剪断女子的长发。就在这时，女子终于转过身来，发出尖叫。老太婆也受到了惊吓，可不知她是怎么想的，竟直直将剪刀深深刺进女子的胸膛，便逃之夭夭了。

画面在这里停下了。

"这就是第一场悲剧，接下来是仅仅几秒后的场景。"

眼前的景象重新动了起来，看似承接之前的情景，却稍有不同。那个老太婆不见了，取而代之的是一个双手抱着光秃秃的脑袋，双腿跪在地上的老人。在老人旁边，还有一个全身湿透，仿佛刚遭遇了暴风雨一般的身穿女装的男人，他手上拿着一个白色绒球一般的东西。在他身后不远，有一个头戴安全帽的男人正和自行车——我猜应该是自行车吧——一起躺在地上，不住地流血。

即使倒下了，自行车的前轮依旧不停地旋转。

在自行车旁边站着一个目露凶光的年轻人，手上拿着一根铁棍。

周围的人都停下了。我看得出来，他们正为该如何接受眼前的事态感到困惑。被剪刀刺中胸膛的女子已经断气，秃顶老人仰天跪着，穿着女装的落汤鸡茫然伫立，倒在自行车旁的人一动不动。眼前的这个场景犹如一幅古怪离奇的地狱绘图。

我回想起自己所作的小说《地狱变》，故事中的画师为了艺术甚至不把人当人看，连自己的女儿快死了，还一心一意地作画。

而发生在我眼前的这一切，不正如同我那篇作品中的地狱绘图吗？我和那个画师不正是一丘之貉吗？即使看到眼前的情景，我都无法压抑想用文字描写下来的冲动。

唯有倒下的自行车的车轮还在不停旋转，表示这个世界仍在继续，令人毛骨悚然。我不禁想，看来最近一直烦恼我的齿轮幻影又复苏了。

就在这时，传来了一阵音乐。歌声是清澈通透的女声，伴奏则不像人类演奏出来的那般温暖，音质更加生硬。我从未听过这种硬质的声音，不禁一阵头疼。

"就像那天，

将橘子扔过来的孩子一样，

我也要放空这份心情，

之后一切才会开始。"

我刚在意起播放的音乐，那些行人便都不顾一切地动了起来，仿佛音乐为他们注入了电流一般。

有人袭击惊慌逃窜的过路女人，有人撕裂了老人的衣衫，将其击倒再夺取钱财而去，还有团伙将那个落汤鸡团团围住施以暴行。

这一大群暴徒的行径，仿佛预示着此世末日的模样，而眼前的惨状也并非一篇诗文就能描述。

"有时，兽性也会传染。这不正是你的愿望吗？"袴垂将手搭到我的肩上，丰满的胸部靠上我的肩头，笑着说道。

我费了好大劲，才反驳道："不。"

"可是，《罗生门》里所写的结局不正是如此吗？"

我不忍看眼前的残酷景象，只得闭上眼睛，发出呻吟："这都是误解。"这样的世界，并非我所愿。

"睁开你的眼睛，好好看看，这就是你的愿望。这并不局限于《罗生门》，无论是杜子春想得到的魔术，还是犍陀多的私欲，在你所写的小说之中，要横渡名为'此世'的活地狱，都必定少不了兽性。是保留兽性，还是舍弃兽性，在这唯二抉择的最后，杜子春选择舍弃，犍陀多则无法舍弃。通过你的一生来看，他们到底谁才是正确的，已经显而易见了。"

"我从未想过如此疯狂之事……"

"不，这只是接纳了你的作品的未来世界发生的一些日常琐事罢了。这一天发生的大事件，在第二天只会被报道成集体发狂。这件事本身倒微不足道。但这一天过后，整个东京都会陷入疯狂。实际上，人们早在为东京奥运会发出'日本万岁''美丽之国万岁'的喝彩之时，就已经做好准备了。"

"东京奥运会？"

"没错。东京奥运会本应在你死后十几年举办，后来却以失败告终，战后才在东京举办（**注：此处说的是一九六四年在东京举办的第十八届夏季奥运会**）。方才你看到的，是那次奥运会五十多年以后的二十一世纪，人们正在为举办历史上的第二次东京奥运会做准备。"

"战后？你刚才说战后……"

战后是指什么战后？是之前的那次大战吗？还是说——

"并非你想的第一次世界大战，在你死后第十二年，还发生了第二次世界大战。那次，日本投降而归。一个小国，一旦自以为是，就不懂得留退路了。自我膨胀之后，就不可一世，未能发觉自己已深陷泥潭，导致不能自拔，终于落得个满盘皆输的下场。就连这第二次东京奥运会也是一样。这就是所谓的好了伤疤忘了疼。"

日本投降了？这真是难以置信。在日清、日露战争（**注：指中日甲午战争、日俄战争**）后，日本士气大盛，在之后的第一次世界大战中也算得上胜者。莫非这个女人在胡言乱语？

"自以为是就意味着排他，而排他精神则会视因排他而存在的暴力为正确之事。他们等待着能够再次扣下扳机。"

"再次？"

明明投降了，却仍存有野心，等待着下次大战吗？倘若果真如此，可真是太疯狂了。这只会让我觉得他们做好了去见活地狱的心理准备。

"实际上，考虑到之后的形势，也可以说这次暴徒们的行为才是导火索。此后，东京将化为魔窟。大多数人以正义之名犯下奸淫掳掠等罪行，而不愿同流合污的少数派只能隐身于地下，苟且偷生。"

"这岂非乱世？明明机械化已经发展到如此地步，却为何……"

从建筑物的外观、红绿灯以及汽车和自行车的形状，能明显看出科学技术进步很大。在这世上居然仍有兽性入侵的余地，真是令人难以置信。

"这不过是现代化的成果罢了，而这个国家的文明根本未曾开化。一切不过是徒有虚表罢了，与我生前所在的平安时代没有丝毫不同。人们无法违抗'蛮性'的吸引力，兽性成了他们的强大动力。不过，对于我这种从一开始就忠实于自己欲望的家伙而言，这样的发展倒是乐于见到的。"袴垂重新跳回门上，"你死了。因为你的死，你的家人遭受了不幸，而另一方面，你在文学上获得了难以撼动的地位。这不也挺好的吗？无论未来会怎样，与一个死人也没有什么关系。"

家人——对了，阿文和孩子们在我死后，是怎样生活的？

"等一下——"

这时，有个男人跨坐到那个一开始被老太婆刺中胸膛而倒地的女子身上。连死人都不放过吗？这场景真是让人不忍直视。

她是一名美丽的女子。我的挚友宇野浩二曾说过，我喜欢的女子大致可以分为两类，一类是以我的妻子阿文为首的，长着椭圆脸，五官端正的古风美人；另一类则是与正统美人相距甚远，有着浪漫气息的女子。

话虽如此，这也不过是宇野浩二一厢情愿的说辞罢了，我的喜好可没有这般分明。

然而，在我眼前身处死地的女子正是一个有着古风面容的美人，长相甚似我的妻子阿文。不，与其这样说，倒不如说她与我的初恋长得一模一样，因此我才无法否定，自己已深深受她吸引。

"至少，能不能救救她呢？"

"你都任性地自杀了，还想救别人，真是厚脸皮啊。"

袴垂对我的请求嗤之以鼻。

"美真是伟大。只要有美，世界便不会轻易崩坏，得以继续下去。

我之所以能苟活到这个年纪，全是多亏了那些以阿文为首的美丽女子。因此，我才不忍心看到她就这样死去。"

"我倒不是不能再给你一次机会，但可不会有下一次。你要如何选择？"

这还用说？死人当然不会食言。

"你且说，我该如何办吧。"

袴垂听到我的询问，开心地笑了。她的身体也因此晃动着。

第一部 魔术觉醒 ▮

1 某文化教室的场景

啊，大家好。我经常上电视，所以大家应该都认识我了吧？嗯，虽然外界对我颇有微词，但实际上见到我，应该会觉得我这个人挺不错的吧？没这回事？你问我是不是有只眼睛是义眼？这种事情就别说出来了。我都戴上彩色眼镜了，就不要那么在意了。哎呀，大家还真是苛刻。

不过，我在说话技巧方面的经验还是非常丰富的。关于这点，大家都是认可的吧？不然，又怎会聚在这里呢？今天，我将针对语言的解读为大家进行讲解。一共有十堂课，相信一定可以帮助各位提高理解能力。

想必在座的各位，大多都是田端的居民吧？哦，原来都是啊，这真是太好了。这样才不枉我来田端开讲座。毕竟，这里是芥川龙之介曾居住过的地方。咦，你不知道吗？芥川龙之介曾在这里居住过啊。你认识他吗？不认识啊。但是，《罗生门》总听说过吧？没错，就是教科书上选登的那篇文章。

以前，这里以芥川为首形成了田端文士村，室生犀星、菊池宽、小林秀雄等文士都在这里居住过。因此，这里的文学气息十分浓厚。

呃，现在是二〇一八年还是二〇一九年来着？也罢，这些都不重要。反正再过不久，就要举行东京奥林匹克运动会了。要是在座各位日本同胞的日语语法和日语解读能力不足，就会使来日本观光的旅客感到困惑了。

首先，让我们来思考一下"解读"这个词的含义。这也是本讲座的题目，即《日语解读讲座》。因此，我们必须要先了解"解读"为何物。准备好做笔记了吗？

所谓解读，简而言之就是误解。

啊，怎么可能？哎呀，各位会有这样的疑问实属理所当然。只不过……假设我现在手上拿着一部手机，大家都会说这是手机。但是，其实这只是个手镜而已。不过，在我说这是手镜之前，大家都会以为这是手机吧？毕竟从大小来看两者差不多。那么，如果我不说出正确答案，还把手镜放在耳边说几句话，最后收进口袋，又会如何呢？那样大家就会完全认为这是手机了吧。也就是说，只要我不说这不是手机，至于它到底是手机还是其他东西都无所谓。所以我才说，误解才是真理。

同样地，假设我说博美犬其实是日本的本土物种呢？我在撒谎吗？你说查资料不就好了？没错，的确如此。但是，你想啊，博美犬不是和黑眼睛黑鼻子的日本本土物种柴犬很相似吗？还有，伊藤若冲留下来的画中，也经常出现与博美犬极为相似的犬种。如果继续追溯历史，说不定还会出现更为相似的画呢。

你说画不足以成为证据，毕竟从画又看不出骨头长什么样？

原来如此。可是有骨头又如何呢？骨头也可以作假啊。要说博美犬就是日本的本土物种也无不可嘛。你说这是误解？没错，正是误解。但这就是理解，就是解读。我对博美犬进行了解读。而对我的解读造成阻碍的，就是博美犬是外来物种这一事实。这真是可恨极了，妨碍理解的现实都应该彻底破坏才行，必须不厌其烦地一点点解决那些不符合想法的现实才行。

所谓过去的英雄，说起来也不过是野蛮人罢了。但人们会添油加醋，为那些英雄制造出美谈。这样一来，大家就会崇拜那位英雄。你们知道崇拜会产生怎样的效果吗？那就是大家的想法都变得一致——我们居然和如此伟大的人物生活在同一个世界，好厉害啊！没错吧？如此一来，大家的精神就统一起来了。

所以啊，这是十分美妙的事情。就让我们像这样逐步修正那些不符合想法的现实吧。

这样就好了。毕竟各位现在使用的日语也与很久以前的日语有着明显的区别。但这并不说明，现在的日语就是错误的。现在的才是正确的，历史就应该进行修正。

听懂了吗？各位，请感到自豪吧。这里是芥川龙之介曾居住过的地方，田端。首先，大家要在这里正确理解何为解读，然后去改变一切。

2 房地产商人为奇怪的顾客做向导

"田端也变了啊。"

"是吗？我认为与其他地区相比，这里还有古老而美好的东京残影啊。"

柏崎是一个房地产商人，经营着"柏崎房地产"。他向走在身旁，身穿和服的男人如此回答道。他每天都要接触几十个顾客，因此会遇到各种各样的客人。无论是怎样的客人，只要提出想看房的要求，他都必须和顾客一起去。这就是房地产商人。

因此，哪怕身边这个男人身穿与现代不符的和服，还板着一张好像刚参加完葬礼的脸，柏崎还是得和他走在一起。

"哪里古老而美好了，这不全变了吗？"男顾客唾弃似的说道。

但他马上愣了愣，急忙改口，"你说得对，搞不准还真没怎么变。"

很明显，这个男人其实并不这么认为。

"客人，您曾经在田端居住过吗？"

"怎，怎么会呢？我是第一次来。"

竟然在这种地方含糊其词，真是个奇怪的客人。从老早以前起，柏崎的直觉就非常敏锐。比如见到被委托的房子的瞬间，他就会产生奇妙的感觉；就算是曾发生过事故的房子，他也经常能卖出好价钱。他对超常现象实在是太敏锐了。

他接下来要带客人去的房子就发生过事故，有一对老夫妇曾在这里自杀而亡。妻子得了老年痴呆症，于是丈夫负责照顾她，但同时丈夫也饱受病魔侵蚀。他担心自己死后无人照顾妻子，便先杀死妻子，再自杀去陪她了。柏崎听说这件事的时候，好半天都没止住泪水和叹息。

然而眼下他感到背脊上发凉，可这与他之前感受到的因灵异现象引起的恶寒又有所不同。原因正是眼前的客人，他因这个男人感到一阵阴冷。

"客人，您是不是有什么烦恼呢？"

柏崎担心眼前这个男人是不是也想自杀，才想随便找个房子。

"烦恼是什么？这世间哪有人没有烦恼呢？"

"啊哈哈，您说得对。那个，我只是打个比方，比如想死什么的。"

"我现在不想死啊，毕竟前不久才死过一次。"

"啊？"

"开个玩笑……"

可这听起来完全不像是在开玩笑。不过，无论如何，只要他现在不想死，就可以暂时放心了。

"怎么了吗？"

"啊，不不。您还有其他烦恼吗……"

"我想有个家。不过这个问题马上就可以解决了。"

"没错，马上就能解决。您一定会喜欢那个房子的。"

柏崎再次打量起眼前男子的容貌。他除了脸有点长之外，完全可以说是一名美男子。

男子一直用一只手轻抚下巴。从他的动作看来，柏崎直觉他之所以穿黑色和服，应该是在假装自己是个有名气的侦探，要不就是在假装自己是个大文豪。说起来，柏崎的大女儿最近特别沉迷描绘文豪的漫画，但里面的文豪和人们印象中的完全不同。柏崎心想：也许，那部漫画中文豪穿的服装在年轻人之间很流行吧，下次再问问大女儿好了。

等一下，尽管说这个男子还年轻，也应该有三十岁了。这个年纪的男人，还会不顾年纪去玩漫画角色扮演什么的吗？搞不好会啊。毕竟角色扮演文化已经有一定的历史了，就算是三四十岁的人，也有可能还是第一线的角色扮演者。

柏崎如此想着，再次打量了一下走在他身后的男子，越发觉得他在假装自己是个文豪。而柏崎之所以会如此认为，倒也不是完全因为角色扮演，或是男子的动作……

而是因为男子的脸。

柏崎似乎在哪里见过这张脸，但又想不起来。就在他嘀咕了三十八秒之后，他终于想到了什么。

他的脸不就是——

"老板，还没到吗？我已经有些累了。"

客人从柏崎身后发问，打断了他的思考。

"啊，不好意思，马上就到了。嗯，从这里拐个弯……你看，那个豆腐店前面有条小路，从那里拐个弯就可以看到房子了。虽然外观有些古旧，但里面仔细翻修过（注：原文"翻修"使用了外来语reform）。"

"reform，哦，原来是外来词啊。form在英语中是成形的意思，如此一来，reform就是再度形成的意思，也就是翻修啊。阁下真是有学问，只是当个房地产商人真是屈才了。"

"什么？啊哈哈哈……承蒙夸奖。"

柏崎完全不明白这个男人在说些什么。这家伙到底怎么回事？柏崎感觉有些不快。而且从见面到现在，这个男人就一直愁眉不展，仿佛背负着世间所有的烦恼一般。柏崎对此也感到很在意。

——喂喂，我可不想再让这个房子发生一起事故啊。

柏崎如此心想。不过，就算再多一起事故，其实也并没有什么大不了的，反正也只是个破房子而已。再有下次，就只能和房东商量一下，把房屋拆除，将空地卖出去了。

"就是这里。"

走入豆腐店前面的小路，马上就能看到一栋房屋，房屋右侧松松垮垮的屋檐仿佛马上就要掉下来。东京有许多坡道，这块土地自然也是如此，因此让人搞不清楚屋檐的角度究竟是水平的还是倾斜的。不过室内构造并没有倾斜，因此倒也没有问题。

只是房屋的庭院早已荒废，玄关大门是拉门设计，锁也是老式的，现在的小偷只需要几秒钟就可以打开。因此也有不少人不喜欢这样的房子。

要说这种房子有什么好处，那也是有的。一楼和二楼共计六个房间，就东京来说，现在可很难找到这么大的房子了。

"您觉得怎样呢？房子大概就是这个样子……"

"很旧啊，什么时候修建的？"

"我听说是昭和（注：一九二六年至一九八九年）初期修建的。"

"什么，昭和初期？不就是最近嘛，我很喜欢。"

"最，最近？"

"我已经带房屋押金和酬谢礼金来了。我想今天就住下来，没问题吧？"

"咦，呃，今天就住吗？"

"你不愿意的话，我只好另寻别家了。"

"不，不，就这样办！"

这家的房东对房屋基本不管不问，以前经常说只要有人肯住进来就很好了。事已至此，不论这男人是什么来头都无所谓了，只要他住进来就万事大吉了。毕竟，这间房子发生过事故，就算再有什么问题也无所谓。

"好的，那么可以告诉我您的姓名吗？"

"我姓茶川，全名茶川龙之介。"

"哦……嗯……能写一下是哪些字吗？"

男人在合同上签名的时候，柏崎突然回想起之前脑中浮现出的一个男人的样子。

——没错，难怪我好像在什么地方见过这个人……

"茶川先生，您是否曾被人说过，您长得很像芥川龙之介？"

"没有。"

他居然一口否认，明明长得如此相似。柏崎感到十分不解，而且对方如此迅速否认也很可疑。

——或许他曾被许多人这么问起，所以才会觉得不快吧。若是如此，自己提出的问题就太失礼了。

"不好意思，我刚才的问题太失礼了。"

"说我和芥川龙之介长得像是一件失礼的事情吗？"

"啊，不，不是那个意思……"

"那就没有什么失礼了。"

"哦，哦。一定是因为河童，我才会这么认为。毕竟前不久才过河童忌嘛。"（注：文学忌是将已故作家的忌日冠以其雅号、笔名，或是以作家的代表作为名，让人们纪念该作家。人们称芥川龙之介的忌日为河童忌，源自其生前喜爱描绘河童，以及作品之中出现过河童。）

"河童忌是什么？"

"嗯，我们将芥川的忌日称为河童忌。"

"好了，我已经签好名了。这样就可以了吧？"

"有劳您了！"

"这些是押金和礼金。"

他将纸币随意递给柏崎。

"非常感谢！"

纸币全都是真的。柏崎数清楚金额，并把多了的五张还给男人。

"那么，我就告辞了。"

男人微微一行礼，便走进屋子里去了。随后，他又关好拉门，还仔细地锁上了锁。

"今后也请多多关照，告辞了。"

柏崎朝关上的门深深鞠了一躬，然后又检查了一遍合同。看到署名之后，他不禁叫出声来。

一瞬间，他觉得上面写的正是"芥川龙之介"的大名。而实际上，上面如此写着——

"茶川龙之介"。

3 内海弥生的电话粥

喂，喂？是阿美学姐吗？啊，好了。之前好像信号不太好，不好意思，可能是我这边的原因吧。

于是……呃，嗯，没错，无论何时，我都在追寻那位大人。

比如说，在下午的语文课堂上，白色窗帘被吹得鼓了起来，让人心旷神怡的春风吹进室内，我陶醉地看向教科书上他的脸庞……

嗯，你问是谁？嘁嘁嘁，阿美学姐还真是迟钝啊。当然是他啊。要说在这世上，有谁能让我陶醉，答案只有一个人，他就是日本最优秀的小说家——芥川龙之介。

芥川大人……啊，真是太帅了。就算多少会遭受高中同学们的冷眼，我也毫不在意。那位大人写下的每一个文字都是如此优美，他的黑白照片也因此显得更令人尊敬，总是带领我在另一个世界中遨游。

啊，现在想起来我还是觉得心痒痒。

他也总是让我叹息，不过就算是叹息，也是甜美的叹息。唉，为什么他已经不在这个世上了呢？我为什么没能出生在他所在的时代呢？要是我和他同处一个时代，我一定会为他做任何事情，就算是私奔也在所不辞。这样的话，也许他就不会说什么"对未来有着说不清道不明的不安"，选择自杀了。

啊，妄想？这可不是什么妄想，而是很现实的设想。要是我能穿越时空，回到过去，芥川大人一定就不会自杀了。可怕……可怕？你说什么呢？真是失礼……我甚至还想象过，睡前枕在芥川大人的手臂上，或是让芥川大人枕在我的膝盖上，我一边帮他掏耳朵一边和他说话什么的。这不是很普通吗？阿美学姐前不久不也跟我说，想和偶像同居什么的吗？你还不是和我一样。

按美奈代的话说……嗯？美奈代……你不记得她了吗？她和学姐曾在同一个社团啊。对，就是那个美奈代。她现在还是我的好朋友，说我有些"不正常"。别光笑我了。所以我才觉得，也不是不能理解学姐所说的意思。别人说我妄想什么的，到现在我都习惯了。但是，我总是会这样对美奈代说，能保持正常才是不正常。

实际上，或许正是因为我大学时代将心思都倾注在芥川研究上，才会和那个长得很像芥川的人交往吧。我不可能忘记那个叫泡塚七斗的人，那真是我这辈子最大的失败。

你问我发生了什么？七斗简直就是人间败类。哎呀，在为人方面，芥川大人的确在某些地方比太宰治还要差劲呢。爱拈花惹草、喜欢挖苦人、天真、不谙世事、没有勇气、好伪装自己、总是寻死……唉，真可谓是人渣中的典范。

我一开始也是这么认为的，所以对于七斗小气、冷淡、出轨之类的事情其实并没有特别在意。你让我多在意些？别这么说嘛。我一直在女校读书，完全没有恋爱经验，以为恋爱就是这样的。学姐不也是一样的吗？不一样？这样啊。

嗯，回到我原来的话题。在大学时代，我刻意不去在意这些事情。后面我成了教师，接着当上了班主任，还被委任了根本没有尝试过的乒乓球社团顾问，每天都忙得喘不过气来。就这样，和他见面的次数也越来越少。

我本以为我与他的关系会就这样无疾而终。但是在某个星期天，由于学校教师的学习会在他家附近举行，我就想在回家前顺便去看看他，便给他发了短信，但是他没回复。我想毕竟是星期天，他应该在家，要是他晕倒了可就糟糕了，就到他家去了……

你已经猜到了剧情，让我别继续说下去了？嗯，正如你所想的那样。我从未想过，会亲身经历像电视剧里那样的狗血场面，而且还正是他们进行到一半的时候。到了那个时候，我也不得不清醒过来。我总算明白，人渣还是只留在文章中的好。

总之，之后我就一心埋头工作。因为只要稍微有点闲暇，我就会想起七斗，然后生一肚子闷气。学姐也没想过吧？我居然会成为教师。不过，我教起书来还挺厉害的，而且也乐在其中。

什么科目？那当然是语文了。现代文、古文、汉文……我全教。只是两年半左右之后，可能是我太因循守旧的缘故吧，学生也没什么干劲了，就算我教得再好，也无法提高学生的成绩。领导又总是安排许多杂务给我，加班也特别多……当然要加班，要是你以为教师在放学后很闲，那可就大错特错了。教师在放学后也会超级忙碌。

我就这样成天随波逐流地瞎忙活，终于有一天，紧绷的弦还是断了。每天晚上要九点过后才能回家，我对这样的生活感到厌倦了。不过比起对个人时间不足的不满，我更对感到没有生活意义而焦虑。

你说我作为一个社会人士太天真了？你说得对，我的确很天真。毕竟，我一下子就考上了志愿学校，也不怎么打工，只是一心一意地专攻学业，以优异的成绩从大学毕业。接着，我又当上了教师，根本没怎么见识过社会的黑暗面，就这样成了社会人士。

所以，嗯，我会虚心接受学姐的批评。但是我想，不一定要待在原来的地方反省，在别的地方也可以呀。在那时，无论如何我都需要去另一个地方。你能明白我的心情吗？

后来，我偶然翻开教科书，结果就看到他了。你问看到了谁？学姐真讨厌，哎呀哎呀哎呀，戳你噢……你这不是明知故问吗？就是他啊！芥川大人！他带着似有若无的笑容看向我，我感觉到了命运的安排……我甚至觉得他在对我说："和我一起私奔吧，你一定很累了吧？"学姐，你笑得太夸张了。

"内海……内海弥生？"

那时，我突然听到有人叫我的名字，于是我猛地合上书，一下子站了起来。一时间，我还以为自己回到了高中时代。可是接着，我听到了"嘻嘻"的笑声。当时我想，这下糟糕了。原来我正身处教室之中，叫我名字的人并不是教师，而是我的一个学生，架能风香。她是一个有些特别的学生，平时就挺嚣张的。那个时候，她一脸得意地叫醒了我。

"老师，你发呆也发得太过分了。明明是个教师，还这么粗神经。不过很可爱，我就原谅你了。"

教室里哄堂大笑，我羞得恨不得找个洞钻进去。呃，你问我其实是不是挺开心的？学姐真欺负人。不过，被那么可爱的女学生夸奖，的确让人挺开心的。就像现在，我跟你说起的时候，还有点自豪呢。

可是真的很难为情啊。一看到芥川大人，我就不知怎的，仿佛一下子回到了高中时代……

"好了好了，别取笑大人了。"

虽然我假装咳嗽，提醒大家不要喧哗，却还是威严尽失。我说完，班上那个最帅的叫深海枫的男学生也开始捉弄起我来，真是让人不甘心……

"小弥生，就告诉我们，下次考试会出些什么题嘛。"

小弥生，学生竟然这样称呼教师！学姐啊，别笑了！我觉得不可饶恕啊！

"不告诉你们！"

我大发雷霆，却为时已晚。接着，其他学生也跟风逗起我来了。

"现代文什么的，我们都没有时间去学啊。毕竟还有物理、生物、化学、数学什么的，根本没有时间嘛。"

他是班上私底下说话比较有威信的学生，所以他这么一说，大家都开始起哄。要说什么能让人停止喧哗，最有效的手段就只有一个。于是我狠狠地把教科书"砰"的一声砸在了桌子上，说道："安静点！"

可是我刚说完就后悔了。因为，教科书上有芥川大人嘛！

——对不起啊，芥川大人，没有把你弄痛吧？

我在心里悄悄地对教科书，不，对芥川大人如此道歉。我当然要道歉了呀，他不是很可怜吗？接着，深海枫那家伙又说："小弥生，你这么粗暴地对待物品可不应该哟。"现在的高中男生真是的，仗着自己有点帅，马上就蹬鼻子上脸了！

呃，你说我不是挺喜欢的吗？学姐真是的，就知道开我玩笑。我完全不喜欢。我才不喜欢那种徒有虚表，内心却不成熟的美少年呢。我所需要的，只有芥川大人一个而已。

关键在于，很难让现在的年轻人理解现代文的重要性。

"你们明白为什么需要学习现代文和语文吗？"我生气地说道。

接着一个学生回答道："毕竟我们都在说日语，当然明白语文的重要性了。"还有人附和道："就算我们不明白小说里的人物的心情，也没有什么问题啊。"甚至还有学生说："没错没错，考试只考汉字就好了，别考什么阅读理解了。"最后，大家开始一齐喊："就这么办，就这么办！"

于是我不禁吼道："噤声！"呃，这种说法很土？也是，毕竟我就是这样的人嘛。当时我也想不出其他说法了。在那几个月，关于语文的重要性，我已经把该说的、能说的都跟他们说尽了。其实他们应该也明白语文有多么重要。只是，就算我给他们讲课，他们也不好好听讲，总会说："没有那么多时间，而且就算不那么努力学习，只要把汉字和语法掌握了，也能考到不错的成绩。"

　　我是在那时才清楚地认识到，我只是为了能让他们安心地睡午觉，取得还可以的成绩，才站在讲台上的。我选错了路啊，我本想继续深造，潜心研究，但因担心给父母增加负担，才选择成为教师。可事到如今，我却后悔当初没有选择继续研究……

　　于是，我在内心说道："我已经不想当教师了。"对此，芥川大人则说："没关系啊，你已经很努力了。现在就暂且退出吧。"嗯，或许我的确是只顾自己，你要说我太天真我也同意。

　　总之，在那时我下定了决心，把教科书收进包里。

　　"我打算在今天辞去教师一职。"

　　我当了两年半的教师，从未想过有一天我会说出这种话。教室里突然骚动起来，甚至还传出"好帅气啊"的支持声，真是让我莫名其妙。

　　这很不常见吗？或许正如你所说吧，但是我并非没有感到后悔。虽然在说出口之后，我也不是没想过用"哎呀，不小心说出来了，怎么办啊"搪塞过去，但同时我感觉获得了解放。

　　现在想来，那是我多年以来重获自由的时刻。所以，虽然我有些许后悔，但在那时，教室中的喧哗声，在我听来却如同助威一般。就仿佛芥川大人在坐在教室之中，和大家一起拍手一样。你明白吗？明白吗？

　　呃，不明白啊？真是的，阿美学姐真是不解风情。学姐交了男朋友之后，也变得安分了呢。啊，明年你们就要结婚了？这是什么意思啊？我怎么才听说？祝福你们，这时候应该祝贺才对吧……嗯，我很惊讶……在女子高中认识的人中，只有学姐在现实世界恋爱了。

　　是啊，我才不相信呢。算了，不说这个。总之因为各种各样的事情，我内海弥生成了无业游民。虽然我想过剪短头发，换个心情，却无法鼓起勇气。搞不好，这正是前男友的诅咒。毕竟，那家伙经常夸奖我的长发，所以我觉得头发才是自己的魅力所在……

唉，我真是没用啊。

关于今后的事情？嗯，我打算慢慢考虑。一定会有路可走的，因为有芥川大人保佑我呀。好了，你别笑话我了。我之所以这么说，也不完全是在开玩笑。刚才我去便利店的时候，捡到了一张奇怪的传单。

急募

小生因故招募女佣。炊事洗涤之事且不用说，小生更喜能言善道者，以慰无聊之时。能为小生就此混沌时代之事进行解答之人更合我意。来者宜女性，若有古风之容貌甚佳，形体纤细者亦可。除此以外，若对大正时期（注：一九一二年至一九二六年）小说知之甚详者，必能与小生交谈甚欢。若相貌出众，则不问年龄。虽并非毫不在意年龄，小生却恐为他人嘲笑，故谨慎再三，对年龄之事不予过问。有意者请务必前来，小生将于面试之时决定是否采用。因需女佣在小生馆下居住，请面试者来时备好所有行李。

茶川　　北区田端●街●●号

你觉得如何？文体非常古风，而且还是手写的。里面的条件，像是"若有古风之容貌甚佳"，还有"形体纤细者亦可"，以及"若对大正时期小说知之甚详者"，不全是为我准备的吗？还有写广告的人的名字，我一瞬间还以为是"芥川"呢。一定是由"茶色"之"川"而来的"茶川"吧。这个名字也挺让我着迷的。

芥川大人果然在保佑我啊。嗯，你说写广告的人好色？若单单是个好色之徒，又怎么会在招募中提到要熟悉大正时期小说的条件呢？学姐也真是太喜欢操心了。嗯？我当然要去应聘了，毕竟我现在只是无业游民，有的是时间。我决定明天一早就去应聘。广告上没有留下联系电话，那就不需要预约时间了。正所谓兵贵神速嘛。

那么，我之后再向你报告结果。不需要吗？别这么说嘛。我会再给你打电话的，我是认真的哦，学姐。

4　佳代子受到了剪刀的呼唤

佳代子受到了剪刀的呼唤。

她在八十岁高龄明白了时间并非只向前行走。因此她想，变老也并不一定就是坏事。

只要用剪刀消灭那个女人，时间就可以倒流。

时光倒流，尽管佳代子会忘记自己消灭了那个女人，但只要看一眼自己随身携带的日记，看到日记上写着她在过去消灭了那个女人，她就知道情况一定如日记所记载的一般。毕竟，笔迹出自她之手，她非常信任自己所写下的字。

当然，要是她对那个女人置之不理，时光又会前进。时间会如同庭院中的杂草一般，恣意延伸，侵蚀佳代子的内心。因此每到这时，她就会开始思考除掉那个女人。

从某个时刻起，剪刀成了她非常珍贵的物品。

因为剪刀能帮她随时除掉那个女人。

在定期巡逻的警官来和她聊天的时候，她发现剪刀非常方便。

"老婆婆，您好像有时候会忘记吃饭，所以我觉得您最好在冰箱上标记一下自己吃过了什么。"

警官一边帮她做家务，一边如此说道。

——哎呀，就连自己的儿子都不会这么和自己唠叨家常。

老婆婆心想。

"请别跟我这老人家开玩笑，我才没有忘记吃饭呢。不过还是感谢你。"

每次前来巡逻的都是同一个警官，他比她的孩子都更关心她。

那一天警官又来了，帮佳代子揉肩膀。其间，佳代子一直在说过去那些让她心烦不已的事情。她感觉把那些事情说出来，心情也变好了一些，越说越停不下来了。

"总之，有烦心事就不要憋着，说出来是很重要的，老婆婆。"

她听到这句话，不禁流下了眼泪。这一定是她很少被人温柔以待的缘故。当然她也明白，警官只是为了城市的安全，才到此处巡逻的。

但是多亏了这个温柔的警官，佳代子才能明白——

剪刀这个道具，不仅能宣泄情感，甚至能改变时空。

她从未想过，自己一个平凡的家庭主妇，却能得到在时空中自由往来的魔法。这简直就是魔术。她在学生时代曾读过芥川龙之介所著的《魔术》。在书中，有私欲的人无法使用魔术。而她没有私欲，有的只是憎恨。一定是因为这样，她才能使用魔术。

她自认为从未做过坏事。

唯有一件，就是除掉那个堪称诸恶根源的有着黑长发的女人。

只要除掉她，一切都可以恢复如初。

佳代子来到田端车站前的电线杆阴影处躲起来，等待那个女人从快餐店"麦可当劳"里走出来。她看到那个有着黑色长发的美女走进了快餐店，而且还和她的女性朋友一起，两人看上去很开心。

在光天化日之下也敢如此若无其事，真是愚蠢。

佳代子握紧手中的剪刀。

拜托你了，剪刀。

再次帮我让那个女人消失吧。

以及，再次让时光，让时光倒流吧。

5　文豪A时代错误的视角

"怎么了，我的脸很奇怪吗？"

我朝眼前的女子询问道。这个女子打开玄关大门，一看到我就发出了"呃哦哦"的蠢叫声。看到这酷似我初恋女友的相貌，却又听到这让我难以想象的冒失声音，我感到很沮丧。

她正站在我新居的玄关前，用双手遮住嘴巴，身体不自然地扭动着。

"啊哇哇哇……呃呃啊……啊呜呜……"

她连一个有意义的字都说不出口。

人们经常说忘记呼吸，实际上人们大多数时候都不会意识到自己在呼吸。就像平时不会下意识呼吸一样，不知不觉间停止呼吸的情况也很多。一旦意识到停止了呼吸，呼吸就会变得不顺畅，而在无意识的情况下长时间停止呼吸也是常有的事。

就像现在，这个女子估计都没有意识到自己已经停止呼吸了，足以看出她现在有多么震惊。

我也不难想象她为何如此惊讶，一定是因为我的容貌。在亲眼看到她的反应之前，我还对袴垂所说的话半信半疑。现在看来，这里的确是接纳了我的作品之后的世界。

说起来，现在我眼前这个女子的反应，恰如那些喜欢我作品的少女。我不禁感到惊讶，想不到在这扭曲的世界中也有我的读者。

"因，因为……那个……呃……"

或许是因为紧张吧，女子依旧说不出一句完整的话。

她那满面潮红的样子，足以让我回想起我的初恋情人。除了那冒失的性格，她的确与我初恋情人极为相似。但我的脑海中马上出现了眼前的女子在路上被人刺杀的场景。这些年，我深受齿轮幻影所扰，痛苦不堪。然而目睹这女子倒在血泊之中的惨状，也同样让我感到异常难受。

这个女孩，真的会被卷入那场惨剧中吗？

在罗生门下，袴垂为我展现了机械般的幻想世界，随后又告诉困惑的我这个女子的居住地。

最后，她还如此说道："总之别啰唆了，赶紧到门内去吧，文豪。你要留意，一旦穿过这扇门，你将失去一切身份地位。即使没有身份地位，也没什么大不了的，但没有钱就什么事情都做不成，这与你以前所处的世界并无不同。你拿着这个，去田端车站北出口的自动寄存柜吧。"

"自动寄存柜是什么？"

"类似于小型保险柜，放钱进去，就能解锁。"

"为什么我必须到那里去？"

我记得田端车站没有这种东西。但我随之又想到，也许那也是接受我的作品之后，这个世界的特殊产物吧。

"自动寄存柜上有一块小型电子屏幕。"

"电子屏幕……"

袴垂不耐烦地叹了口气。虽然我也知道她想说"连这个都不知道啊"，可是不知道的东西就是不知道啊。

"你去了就明白了。出现需要输入密码的提示后，你输入2772

就可以了。随后你会听到"咔嚓"一声，27号柜就打开了。那里存着你在那个世界需要的钱，你就用那些钱随便租间房子吧。然后再做个招募广告，丢到方才我告诉你的那个女人的公寓附近。接下来就听天由命吧。"

我听从袴垂的安排，穿过了门。我刚想着又要体会一番曾在梦中朝无底黑洞坠落的绝望了，就立刻头朝下开始坠落。

说是坠落，其实我压根不明白我是在下落还是上升。我只觉得体内的所有细胞似乎都静静地消失，随后重新长出一般。这样的奇妙感觉充盈着我的身躯。

然后，我来到了这个世界。接着，我就按照袴垂所吩咐的那样去做了。

在成功签好房屋合同后，我又马不停蹄地搭乘山手线和西武新宿线电车前往她居住的野方，速度快得超乎我想象。我等她外出后，把提前写好的女佣招募广告扔到地上。

之后我就回到新居睡了一觉。没想到刚醒来，就听到玄关传来了敲门声。我在一楼最深处的书房兼寝室朝外望去，只见她正站在玄关前。

正如袴垂所计划中一样，内海弥生来接受女佣的面试了。

"那个，这不是真的吧……"

她表现出来的困惑，恰好也是我内心的困惑。她长得与我初恋情人别无二致，甚至连名字也都叫弥生，我对此感到相当困惑，差点就鹦鹉学舌般，说出和她同样的话。

"请让我先深呼吸一下。"

弥生说完就开始深呼吸，其实我也很想这样做。在我眼前，一个长得和弥生一模一样的女子正在说话。我曾无数次在梦中见到这个场景，如今就发生在眼前。

难道这个女孩是弥生转世吗?

既然我能像这样来到另一个世界,那么她也……当我想到这里,立刻又自警起来。等等,龙之介,这种事情是不可能的。她只是长得和弥生相像罢了,不要被她的外表所迷惑。我只是因为那些讨厌的幻影才对她心生同情罢了,这绝非爱恋之情。

就在我进行内心斗争时,我突然看到弥生也正望着天花板陷入沉思。

"呃,请稍等……招募女佣的广告是您写的吗?"

"正是我发出广告招募女佣的。"

我诚知,这样的方式多少有些强硬,但这都是袴垂吩咐的。

"不行不行不行不行……就算我有一百颗心脏也做不到呀。"

她的脸红得像苹果,拼命摇头。看到她这个样子,我奇怪地感觉有些饿了。弥生又转过身去,背对向我,自言自语起来:"真有这种事吗?这都第二次了啊。"

"第二次?"

这女子到底在说些什么啊?

"啊……没,没什么……"

什么第二次?这很让我在意。但是,她却抿起嘴唇,看样子是不打算再对我说些什么了。

虽然她与我的初恋非常相似,但我认识的弥生并不会说出这般莫名其妙的话。她果然并非弥生转世。然而,不知为何,"就算我有一百颗心脏也做不到"这句话听似在拒绝,却让我感觉其中包含了强烈的好感。而且,这好感好像还是她无意识表现出来的。

看样子,这女子还不知道,男人对说话细节格外敏锐。是她本就粗心大意,还是一时不小心呢?或者说其实两者皆有呢?

说起来,方才她小声说"第二次"的时候,明显露出了疑惑。

于是我推测，从她流露出的强烈好感来看，她应该是作家——芥川龙之介的读者。并且，她应该曾与一个长得像我的男人恋爱过。所以她才会感到惊讶，毕竟长得酷似芥川的人来到她的身边这种事居然发生了两次。

这实在太奇妙了。或许因为这里是接纳了我的小说之后的世界，所以这也是理所当然的。但没想到这位读者居然与我的初恋长得毫无二致，还曾与一个与我长得颇为相似的人交往过。

世间竟有如此巧合之事。

但是，有没有可能这些都只是我的无尽幻想而已呢？哪怕如此，这样的幻想对我而言，也是值得感谢的——

说起来，我曾经写过一本小说，名叫《奇怪的再会》。故事中有个小妾，她就像泡在水中的衣服逐渐变湿变重那样，精神逐渐变得不正常。

"东京也变作一片森林了啊。"

当我脑中出现这个小妾的这声低语时，我便让小说就此完结了。而我现在之所以回想起这部作品，只是因为我想到，作品里的女人在疯掉之前，也只不过是个平凡的人罢了。

看到眼前这个与我的初恋长得一模一样的女子，我也产生了一种感觉。仿佛自己也同那部作品中的女人一样疯掉了，眼前所见的都只不过是幻觉而已。

毕竟我已经死了。既然已经死了，又怎会来到另一个的世界呢？以正常的精神状态，根本不可能相信这是现实。也就是说，现在我极有可能已经疯了。

"没事的话，我就关门了。"我刻意冷淡地说道。

虽说我是按照袴垂所说的做了，才导致目前的状况，但现在还有反悔的余地。只要我停下妄想，重新面对死亡这一现实便好。

"那个，我是来面试的。"

"你刚刚不是说做不到吗？"

"虽然我说做不到……但我很想做……"

果然，她并非弥生转世啊。我记忆中的弥生绝不会如此说话。她一定会简洁地说"正是如此"，同时观察我的反应。

"听你的说话方式，你就已经不合格了。也罢，先进来吧。"

先进来吧？我在说什么啊，不是要把她赶走吗？我不是刚才还说，要停下妄想吗？

"非常感谢，那就打扰了！"

内海弥生不住地点头，脱下鞋子摆好之后，站到了门槛上。

我没想到她竟然这么快就来了。由于我还没来得及打扫房屋，因此四处都是蜘蛛网。真是出丑了。

"这里很有打扫的价值啊。"

"感谢你善意的感想……"

真是个不可思议的人。明明她一开始还那么紧张，现在看起来却十分沉着。或许她是那种不会紧张太久的人吧。

"你知道我的名字吧？"

"是的，我有看到广告的落款，您就是茶川大人吧？"

"正是，小生正是茶川龙之介。"

在走过走廊时，我朝她递出名片。在那个自动寄存柜中，我不仅找到了这个世界的金钱，还找到了这张名片。

作家 茶川龙之介

名片上只写着这几个字。

"啊，原来是读作Tatsunosuke呀。我还以为是Ryunosuke呢……"

（注："龙"在日语中是多音字，芥川龙之介的"龙"读作ryu，而茶川龙之介的"龙"则读作tatsu。）

"我的龙念tatsu。"

来到昏暗的客厅，明明我并不觉得心情糟糕，却皱起了眉头。于是我拿出一支香烟，用火柴点燃了。

我刚点燃火，弥生就板起脸来，甚至还用手挡住鼻子，另一只手扇来扇去。我迄今为止未曾见过有女人表现出如此失礼的态度。

"难闻死了……"

"什么？"

"不好意思，烟味太重，会影响面试，我想通一下风。"

这不是能把想的事情清清楚楚说出来吗？难道刚才她冒失的表现只是假装的？

"请便。"

她听到我这么说，马上站起身来，打开了窗户。

但是，护窗板还是紧关着的。由于平时都是我的妻子阿文去打开护窗板，所以昨晚我只开了寝室的那一扇，其他的就忘了。

弥生打开护窗板，同时发出"喀当喀当"的声音。就在这时，护窗板上突然爬出来几只壁虎，落到了地板上，开始四处逃窜。

"咿……壁虎……"

"怎么，你害怕壁虎啊？"

我拿起一只壁虎放到手上，静静观察起来。

"看这圆圆的眼睛，不是很直率吗？它的脑子里只有活下去的想法。"

"难道不是只想着捕获猎物吗？"

"有何不同？只是因为人类走太多弯路罢了。在弯路上，不论是光明还是黑暗都会变得稀薄，因此人的一生比起动物的一生要温和多了。"

我说着，放壁虎逃到外面去了。是时候进入原本的话题了——我是否要雇用这个女孩。

在我脑海之中，又出现了那个凄惨的场景，但我马上就打消了这个想法。不应抱有同情之心，我在这女子的身上看到的不过是初恋情人的幻影罢了。

"那么就开始面试吧，你会做饭吗？"

问这个问题又有何用？别这样，龙之介，赶快宣判她不合格，然后回到罗生门就好。这种女人的一两条性命，即使失去了又与你有何相干？

"我会做煎蛋，还擅长生蛋拌饭。"

"就没有不用蛋的菜吗？"

我为什么要打听得这么详细啊？

"我还擅长做茶泡饭……"

"我也很擅长这个……够了，我明白了。"

的确是我把广告扔在了她看得见的地方，但话又说回来，她明明这么不会做饭，为什么还会对女佣招募感兴趣呢？

"那么，打扫、洗衣之类的至少会吧？你好歹也是个女人。"

为什么我要给她台阶下啊？我简直搞不懂自己。这样根本就像是我在拼命想办法雇用她，不是吗？

我这么一说，弥生露出生气的表情。

"恕我直言，因为是女人就擅长打扫、洗衣之类的想法，是不是过于迂腐了呢？"

她明明是来应募女佣的，所以我根本没想到她会如此反驳。

"你说什么？我一直与时俱进，时常告诫自己要更新价值观。"

听到我这样说，弥生摇了摇头，深深地叹了口气。这女子总是做出出乎我意料的行为，真是让人不敢大意。

"茶川先生，我可以明明白白地告诉你，你刚才所说的话完全就是昭和时期的产物，昭和。"

"昭和又有何不可？"

"昭和早就已经过去了。"

"什么？"

弥生从手边的包里拿出一个比纸牌大的四方形扁平物体。那东西突然发起光，上面排列出一堆数字。看起来，似乎显示的是现在的时刻。

二○一八年（平成三十年）……不用说，我惊讶得简直不敢相信自己的眼睛。

"嗯……我吓了一跳。那么，现代的女人都不用做饭、洗衣吗？那她们做什么呢？"

"什么什么的？就普普通通的，男人做什么，女人就做什么。现在的女人不仅要工作，还会开车。到了休息日，还会在家里什么家务都不做，就这样躺着度日。"

"如，如此散漫，如何尽女人的职责？"

"为什么这么说？"

"为什么？"

"为什么说尽不到女人的职责？就算不在家做饭、洗衣，大家也可以自由地生活。'女人就该这样'的想法已经过时了。我们已经从日本老爷们建立起来的枷锁之中解放出来了。"

此时，我一定惊得脸都歪了吧。

我惊讶于这个世界的女性地位竟如此之高，闭上了嘴。不过，我也曾写过随笔，说希望女性地位得到提高，期待男女平等的日子能够早日到来，但我没想到竟能目睹这样的现实。

"唔……这样也好。"

到底有什么好的？但接下来我说出的话，才更让我自己吃惊。

"既然面对美人，那我权且忍耐吧。幸好，你外表看起来不错，体型也比较娇小。"

我的褒奖怕不是只是在为采用她而找的借口吧。这到底怎么回事？难道我就这么想雇用这名女子吗？我只是因为喜欢她的外表，才想拯救她吗？明明她的内在如此让我生气，而且她还这么嚣张。

"恕我直言，你这种只凭外表就判断一个女人的说法，我无法接受。"

看啊，就连我这肉麻的褒奖，这个女子都要拒绝。她鼓起脸颊，抱起双臂，气得仿佛要冒烟。真是可爱。嗯，可爱？我到底在想些什么啊？

"称赞美的事物何需踌躇？"

"称赞美当然可以。可是，我的美又岂是方才说几句话你就能明白的？首先，虽然我今天的确好好打扮了才来这里，但你总不能因为我没有打扮，就说我不是女人吧？就算我打扮得很寒酸，那也是我的自由。"

怎么她又说起平塚雷鸟（注：日本的思想家、评论家、作家、女权主义者）会说的话来了？我真是没想到。看来，她是个意志极强的女性，在我所处的时代算是极少数派了。然而，我又怎能被一个小姑娘的说辞压倒？

"自由真是方便的词语。但是，连化妆都会怠慢的人的审美意识又能如何？况且，你的胸部还这么贫瘠。"

听到我这么说，她似乎变得更加气愤，连脸都变得通红。

"现，现在可没人会说这种性骚扰的话！"

"sekuhara，这是什么东西？什么肚子？"（注：性骚扰的英语为

sexual harassment，日语省略为两个英语单词的前两个音，即sekuhara，这是典型的和制英语。另，hara在日语中是"肚子"的意思，此处是芥川龙之介误解了。）

这女子真是的，尽说些莫名其妙的话。最后还搬出新语言来压人，我真是没辙了，只好闭目养神，细细品味烟草的味道。

她看到我这样，估计是察觉到了我的想法，也轻咳一声，似是在说先不扯这些闲事了。

"咳咳，暂且不要说胸部的话题了。总之，方才茶川先生所说的全部是你的个人喜好。你还说得煞有介事的，什么女人就应该这样，就应该那样……这个话题就到此为止吧，一说起来就让人来气。"

她叹了口气，接着脸颊鼓得更厉害了。她那样子，简直就像装满了煤炭，烧得通红的蒸汽机车一样，真是可爱。等一下……怎么又产生这样的想法了，龙之介……

"你这个女人真是有趣。"

消停一下，别说多余的话。

"啊？"

"我说你有趣。"

这种话没必要说第二次啊。

"哦……"

这时，从窗外射入室内的阳光使屋里的灰尘也闪闪发光起来。就仿佛眼前这个小姑娘用了什么魔法，把我口中吐出的烟尘变成了金色的雪花一样。

"那么，我最关心的是，你了解大正时期的小说吗？"

"芥川龙之介的作品，我大致上还是比较熟悉的。"

果然是我的读者啊。

"其他呢？"

"志贺直哉、夏目漱石、堀辰雄、宇野浩二……这些作家的作品我也略知一二。"

没想到能从她口中听到宇野浩二的名字，真是让我深感意外。不过，既然是喜欢文学的人，我也不是不能理解……

"你看过宇野君的哪些作品？"

"我喜欢他的《苦恼的世界》。"

听到这个名字，我不禁感到非常欣喜。要问为什么，那是因为这本书是宇野君闻名于世的契机，而为他制造契机的人正是我。

因为太过高兴，我不自觉地用手指轻擦鼻子下面。

"那本书的确很不错，只可惜那本书我（boku）（**注：日语中"boku"是男性的一种自称，与"木头人"的第一个字发音相同**）才看到一半……"

"啊，看到一半？这是怎么回事？"

我赶紧把还没说完的话吞回肚中，差点就暴露自己的身份了。在这个世界，我并非芥川龙之介，而是茶川龙之介。

"呃，没什么，我说的是芥川龙之介。每当想到他，我总会不自觉地用'boku'来称呼他，就是'木头人'的略称。"

"我从未听过这种略称。"

真是个棘手的女人。

"我就会这么略称。"

"那么，刚才你说的'我'的boku和'木头人'的boku，我又该如何区分呢？"

"靠前后文来推敲不就好了吗？"

"真麻烦。"

"不麻烦。"

"不，很麻烦。"

"真是个挑剔的女人。"

我有点生气，于是又吞云吐雾起来。

我微微眯起眼睛。不知为何，弥生看到我的侧脸，轻轻地叫出声来。我没有看漏，她的眼中又出现了少女特有的迷恋之情。

我知道了，想必是我方才又不自觉地露出拍照时经常做出的神情了，因此她的心中才会产生动摇，毕竟她非常喜欢芥川龙之介。

我真是个罪孽深重的男人，谁让我吸烟时的侧颜如此俊美呢？虽然我自己这样说显得有些厚脸皮，但我的相貌就像流畅华美的中国水墨画一般凛然俊俏。就算在这个世界我只是个"和芥川极为相似的人"，我的俊美也足以虏获少女的芳心了。

"没错，我是个世间罕见的人，因为我会把芥川龙之介称呼为木头（boku）。现在你明白了吧？"

"我，我会努力接受的。"

看来此时她心中还非常疑惑。但是，她也应该明白，要是她不接受这个说法，话题就无法进行下去。

"总之，我知道你十分了解大正时期的小说了。我决定聘用你。"

糟了，我说出口了。到最后，我还是决定聘用她啊。但是，为了阻止在未来等待着她的那场悲剧，我也只能如此了。

弥生对我的烦恼一无所知，睁圆了双眼，开心得几乎要跳起来一般。

她问："真的吗？"

真是可爱。等一下，龙之介，你是不是被她可爱的外表蒙骗得太过头了？

"我不会在这种事情上撒谎。走上二楼，右手边就是你的房间。你就去那里放下行李吧。"

"太好了，非常感谢！"

她兴奋得几乎要高喊三声"万岁"，但接下来她的表情却突然布满了阴云。

"怎么了？"

"没什么……那个……既然我要在这里住下来工作……也就是说要和茶川先生同住一个屋檐下了吧？"

"没错，这又如何？"

"你不会偷袭我吧？"

我还以为她要说什么呢。

"我不会把没有胸部的女人当女人看。"

弥生的眼睛突然失去了神采。是我说错什么话了吗？

"这样啊……那就好。"

"你快去楼上吧。还有，别叫我'茶川先生'，叫我'老师'。我更习惯这样。"

"是……"

从她这句回答里，我听不出丝毫情感。她为什么生气啊？

真是个阴晴不定的女人。

要不现在收回刚才的聘用决定吧。

还是算了……

总之，现在我唯一肯定的是，我不用担心自己会爱上这个叫内海弥生的女人。我和她性格太不合了，就算偶尔会产生心动的感觉，也不过只是互相喜欢对方的外貌而已。

今后就尽量不要与她进行私下对话，只要好好监视她的行动，防止那个惨剧发生就好。毕竟，我已经死过一次，再不是曾经的芥川龙之介，也没有其他可做的事情。

6 文豪A时代错误的视角

看到内海弥生的身影消失在二楼，我不禁独自叹息。每当惹她那样颇具古风容貌的女子生气的时候，我都感觉非常愉悦，我自己也对此感到惊奇。我有个精神不正常的母亲，因此我从小不知母性为何物，就这样长大成人。或许我会感到高兴是与这有关吧。

至今，我也仍在女人身上寻求母性。不论以怎样的方式，我都希望得到一个让自己能够抒发真情实感的地方。或许正是如此，我有时候才会鬼使神差地做些莫名其妙的事情。过去我也曾因此遭殃过不止一次。

然而，内海弥生却不似那些女子。正因为她的外表与阿文以及我的初恋情人极为相似，所以我才对她那自由奔放的价值观以及冒失的性格感到棘手。要是她能再乖巧一些，就真的可爱极了……

就在我想着这些的时候，脑子里又浮现出当时看到的罗生门里头的场景。在人群之中，一名女子被老太婆刺中胸膛，倒在血泊中，那个人一定就是内海弥生。我真能阻止这场悲剧吗？

"看来你已经雇用她了，是不是应该感谢我啊？"

忽然，我发现书桌上坐着一个女人，正是袴垂。看来，她能在这个世界自由来往。自动寄存柜里的钱，应该也是她事先准备好的。当然，她本就是个盗贼，想必那些钱也一定是她从什么地方偷来的。

"你别突然出现啊，吓我一跳。"

"呵呵，我就是要吓唬你啊。"

她一边说，一边举起酒坛大口饮酒。

"一股酒臭味。"

"这房间一股烟臭味才对。你也来喝点吧。"

"要是能喝，我也想喝点酒解解愁啊，可我酒量不行。不说这些，你是来做什么的？"

"我担心你不顺利，就过来看看。毕竟是我把你带到这个世界的，多少有些责任。"

"这些都不重要，你坐到我书桌上了，我的原稿就在你的屁股下面。"

"你都不知道该把原稿寄到什么地方，还写来做什么？"

由于闲得慌，我昨晚在睡觉前跑去便利店买来了原稿纸，一回家就开始写了。我把与袴垂相遇以及来到这个世界之前的事情都写在了纸上，以免忘记。或许明天我就会觉得写的都是些流水账，通通扔进垃圾箱吧。而垃圾箱也是我写过的诸多原稿的最终归宿。

"你不必多管闲事。就算没人叫我写，我也会写文章。"

"这我倒不关心，关键是你想到拯救那个女人的办法了吗？"

"事到如今，也只能硬着头皮做了……"

"如何做？"

"这个……"我刚开口，就不知道该怎么接下去了，于是又开始抽起烟来。

"啊，又用抽烟逃避话题了。"

"才不是逃避！"

我原本平均一天要抽金蝙蝠和敷岛各两支，算是个重度吸烟者。而现代的香烟中焦油含量变得很少，同样是金蝙蝠，比起我所处的时代，焦油含量要低得多。而最让我感到遗憾的是，我喜欢抽的敷岛现在已经不再卖了。来到这里之后，我也试过万宝路这个牌子的香烟，虽然我的身体慢慢习惯了，但总觉得少了点刺激。现在也就只好多试试不同牌子的香烟了。

"你一定在想，要是有鸦片就好了，没错吧？"

"你有吗？"

"没有。"

"那就别提啊……"

她这么一说，我更不开心了。一听到鸦片这个单词，我就很想吸。我的身体曾受鸦片侵蚀，鸦片能让我生，也能让我死。要是我能喝酒，也许活着就能轻松点，但我酒量不行，想这些也毫无意义。

"虽然还没想到怎么拯救那个女人，但我已经知道，在罗生门看到的那个令人生厌的场景，就是在如今的田端车站前发生的事情。只要我每天在那里监视，总有一天能拯救她。"

"你还真有闲情逸致啊，事情会那么顺利吗？我觉得你这样太天真了。"

袴垂说着，从烟盒里拿出一支金蝙蝠送到嘴边，用火柴点燃，接着呛了一口。

"这种东西，亏你能抽得这么津津有味！"

她明明只是个徘徊于虚实之间的东西，却对现实的香烟抱有兴趣，这是她自己不对啊。

"袴垂，换作是你，会怎么做？"

"我想想，我的话……哎呀，该去上班了。抱歉，你就自己加油吧。我会再来的。"

"不必再来了，你倒是说完再走啊。"

袴垂嬉笑着，消失无踪了。正如字面意思，她真的消失得无影无踪。看来，她果然徘徊于两个世界之间。我把之前只抽了三厘米左右的香烟扔掉，换了一支新的。我不喜欢把香烟抽到头。且不提这些，倒是该赶紧去物色新的牌子的香烟才行。

我站起身来，准备去散散步。今天应该不会发生什么事情吧。只要她不出门，就不会酿成那场惨剧。

　　难得出去散步，不如顺道观察下外面的街景吧。搞不好，还能遇到未来发生的惨剧中的哪个坏人呢。我暗自在内心中发誓，从今天起就要展开行动，去阻止那比地狱更可怕的未来。

第二部 老太婆的去向无人知晓 ■

1 内海弥生的电话粥

没错，我就这样出道成女佣啦，学姐。

啊，你问我有什么感想？嗯，总之说起共同生活第一天最大的事件，那就是洗澡了。嗯，没错，就是洗澡。

到了洗澡的时间，老师……啊，我是说那个雇主，是他叫我这样称呼他的。是不是觉得他很厚脸皮啊？我也是迫于无奈才这样叫他的。

老师吩咐我放好洗澡水，而且还是用命令的语气，真是没礼貌。不过，毕竟我现在是女佣，所以对他的命令本身并不特别介怀。可是现在不是已经七月份了吗？都这么热了，你不觉得不泡澡也挺好的吗？

淋浴（shower）不就足够了吗？

啊，原来学姐也是泡澡派的啊……不好意思。

可我是淋浴派的呀，于是我就提议说要不要淋浴。结果他却问："淋浴是什么？"真是莫名其妙！你也吓到了吧？

啊，你问我之后怎么解决的？我实在没办法，只好教他怎么淋浴。讨厌，我才没有和他一起淋浴，才没有那种桃色的剧情呢。

我刚跟老师说"首先拧开莲蓬头开关，就会出水……"我还没说完呢，他就拧开了！啊，真是气死人了！拜他所赐，我从头到脚都被淋湿了。学姐啊，这可不好笑啊。我浑身都湿透的，没办法只好去换衣服。

我都这样了，老师还悠闲地吃惊道："原来如此。"真是令人难以置信，对吧？学姐，你怎么还在笑啊？太过分了……

不过，这种事情都还算是好的了。

在那之后，还不断发生了好多让人生气的事情，我是说真的。休息的时候，老师居然指着正玩手机的我说："快把那个来路不明的玩意儿收起来。"

于是我回答："现在已经下班了，你可没理由这么说我。"结果老师就说："你竟然这么嚣张。"然后把我手机抢走，还打算扔进垃圾桶。真是无法相信，竟然会有人做这样的事情。

"啊，你要干什么呀？"

我为了拿回手机，整个人都攀在了老师的背上。

没想到，老师却似乎马上就发现了手机的奇妙之处，仔细端详起手机来。

他问我："这个要怎么用？"

我只好无奈地向他解释如何使用手机。听了我的介绍，他又像个老爷子似的饶有兴致地发出"嚯嚯"的赞叹声。真是的，饶了我吧。

啊，你说我不是挺开心的吗？才不开心呢，是你误会了！

你问他长得如何？嗯，我也不知道该说是帅气还是不帅气……是不是我喜欢的类型？那倒是很合我的胃口……因，因为他长得跟芥川龙之介简直一模一样。不，长得相似都不足以形容，简直可以说是一模一样……啊，我是不是迷上他了？开什么玩笑啊，怎么可能？我的内心才不会因为区区外表就动摇呢。

你觉得我现在很有活力？别逗我了！人既然活着，当然会有活力呀，真是的！我是不是想起了前男友？不不不，才没有呢。说回来，光凭外表就选择了那个男人，真是我一生的失败。不过事后想来，与其说我喜欢前男友的容貌，倒不如说我只是喜欢芥川龙之介而已。

不过啊，我已经过了只看外表就喜欢上一个人的年纪了。毕竟我的思想也多少变得有深度一些了啊……怎么又扯到胸部的话题了？真羡慕学姐，胸部那么大。啊，胸大也有胸大的烦恼？我也想烦恼一下啊！

啊，那个，刚才我们说到哪里来着？啊，对了，是关于老师的话题。我看他对手机这么感兴趣，于是就说把我以前的旧手机送给他。结果老师表现出超级开心的样子，还问我："真的可以吗？"双眼发亮。

才不是炫耀甜蜜生活呢！学姐真是的，看问题的角度太刁钻了。我只是实话实说而已……唉，算了不说了。

不过，他要是只是感到高兴倒还好，结果他发现我正在看他玩手机，就马上板起脸发火，叫我赶紧回房间去。你说他这人是不是很难捉摸？都说了，我没在炫耀！我说的都是事实，事实而已！而我正为这些事实而感到愤慨，真是的！

他情绪多变、蛮不讲理，有太多人格缺陷了，从这个方面看来，倒是跟我那个前男友七斗不相上下。

话又说回来，我真的完全看不出老师有点现代人的样子。举个例子，他对女性的固有观念，简直跟大正与昭和初期的人们的思想没什么两样。有时候，我甚至觉得他还患有女性恐惧症。啊，你问我芥川是不是也这样？

嗯……也是。

要说因为不懂女人所以害怕女人，芥川大人对女性的观点好像也差不多是这样。可是啊，那是因为他身处那样的时代，我觉得可以理解。可要是放在现代，这完全就是性别歧视。

说起两天前，我正在打扫走廊。

"别在房子里乱晃，我不相信女人。"

他居然这么说，真是气死我了。于是我理所当然地回击了。

"既然不相信，那就别雇用我啊。"

结果他又说什么"毕竟你是女佣啊"，简直莫名其妙。

"你的意思是，女佣就不是女人吗？"

"没错，何况你又没有胸。"

居然还提这件事，真是气死我了，简直想从背后用锤子扔他。学姐啊，你笑得也太厉害了。真是太失礼了，明明我这么受伤……

你问之后的发展？大概就是这样——

首先我说："那么你刚才说的话就前后矛盾了。既然我不是女人，那我觉得你应该信任我才对。"哈哈哈，我很酷地反击了。

结果老师却说："就知道讲些歪理。"

虽然他嘴上这么说，但他其实心里也明白自己理亏，看我的眼神开始躲躲闪闪的。嗯，要说他这样子可爱的话，倒也是挺可爱的。

于是我又说道："歪理就歪理，总比有破绽的说辞强得多。"

"你一介女流，居然敢说我的说辞有破绽！"

我已经很久没有听到有人会说"一介女流"之类的话了。

"那你是说你的说辞没有破绽吗？"

"闭嘴，闭嘴，闭嘴！"他就像个小孩似的气得直跺脚。

接着我又继续说道："雇用合同里面可没有提到我要听从这样的命令。"

他却说："佣人听从主人的命令，不是理所当然的吗？"真是气人。

"我认为你对于雇佣关系的理解实在是太守旧了，现在只有黑色（black）企业才会这么做。"

"黑色企业是什么？"

"因为直接说是黑心企业太过直白，为了避讳，只好说黑色企业。这也正说明这种企业有多么糟糕。"

大概吧，我可能也说错了。嗯，原来真的是这个原因吗？大概？好吧，大家都不确定啊。不过，话又说回来，到老师这个岁数，居然还不知道黑色企业，我忍不住怀疑他是外星人。

"你想说，我这理所当然的要求很黑心？"他说。

"没错。我认为，受雇者有权利指出雇主有破绽的说辞。"

我留下嘴都气歪了的茶川，去打扫厨房。我这是为了忍住怒火。说实在的，在受雇的时候，我压根就没想过会发生如此令人生气的事情。学姐，你能想象，现在还有人会有那么古板的思想吗？

你问我为什么这么生气？那是因为他长着我最喜欢的芥川大人一样的脸啊。我一边擦窗户，一边觉得不太对劲。嗯，实际上，这才是我和你打电话的主题。老师对大正时期的小说非常熟悉，之前他曾说看过一部分宇野浩二的原稿，结果刚说完他就改口说"boku"不是指自己，而是对芥川龙之介"木头人"的略称，那明显是情急之下才这么说的……你看，很荒唐吧？

所以我才想，莫非老师坚信自己其实就是芥川龙之介？既然有跨越世纪爱上芥川大人的少女，那么即使有跨越世纪坚信自己就是芥川大人的人，也就不足为奇了。

啊，你觉得这样很奇怪？我很奇怪？是吗……

可是既然他长得那么像芥川，我也不是不能理解他想给自己贴上这个标签的心情。虽然我以前的男朋友七斗不太喜欢被人说他和芥川大人长得像，不过芥川大人本就是个美男子，所以我想，要是一个人被说和芥川大人长得像，他更可能觉得开心才是。

我想，他一定是穿着和服，戴上帽子，阅读大正时期的小说，在不知不觉之间就误以为自己是芥川龙之介了吧。

从他的名字"茶川龙之介"就可以看出他一定是在非常刻意地模仿芥川大人。我猜他的名字一定是假名，嗯，也就是说，老师一定也得了某种意义上的芥川病。

我一想到这里，就不禁觉得他也挺可怜的，另一方面也深有共鸣。啊，你说我很在意他？才没有呢……我只是同情而已，同情。

如果这段时间我与老师之间的争执，都是源于他与芥川龙之介过分相似，那么我想我也能够原谅他了。

啊，不知怎么回事，总觉得和学姐说了之后，我越发相信就是这么一回事了。没错，我想老师一定患上了芥川病。这么一想，我觉得心情都舒畅了许多。

既然他扮演的就是芥川大人，会有那样的举动，也是没有办法的事情。

啊，你说我爱上他了？才没有呢，真是的！今后也不会爱上他！我对他只有同情，才不会有进一步的想法呢。绝对不会。

啊……老师叫我了……不好，马上要到午饭时间了。是啊，今天是星期六来着。因为住在他家里嘛，所以有没有休息日也没什么差别。

多谢你听我讲这么多话，我感觉心情好多了！我会再跟你打电话的！

2 文豪A时代错误的视角

"喂，午饭还没做好吗？"

我等内海弥生挂断了名为"手机"的通信机器后，在她背后如此喊道。

她坐在厨房水槽前的椅子上。大概是想转换一下心情吧，于是她利用清扫完厨房之后的短暂时光，用通信机器和远方的朋友聊天。

"可不要忘记你受雇者的身份，不然我会不高兴的。"

"我知道了，好，我来了。"

弥生快速从椅子上站起身来。说实在的，虽然我对她的做饭水平并没有期待，但今天我也不管是什么饭菜了，能吃进嘴就行。

就在我这么想的时候，她好像突然想到什么似的，开口道："老师，今天吃山芋粥怎么样啊？"

虽然我对她的建议感到有些困惑，但不必说，我还是不自觉地嘴角上扬，毕竟我非常喜欢甜食。

但我马上又绷紧脸庞，希望我那听到山芋粥就高兴的心情没有表现在脸上。为了使自己冷静下来，我随意拿起旧橱柜中的餐具。

"山芋粥吗？挺不错的，我很期待。"

嗯，只是这样说，应该没有大问题吧。我说完便朝自己房间走去，宛如自动缩回的卷尺一般。啊，我有多久没有吃过山芋粥了啊。

就在我这么想时，我不禁回想起妻子阿文的脸庞和声音，怀念万分。她每次说到"今天就吃山芋粥吧"时，明明表现得既冷淡又不和蔼，我却莫名觉得她的侧脸很美。可惜阿文已经不在这个世上了，一念及此，我又不禁感到失落。

虽然我曾想过留下阿文辞世，却从未想到她会先我而去。这么说来，想必在这个世界的某处，也有着我的墓碑吧，阿文也一定和我同穴而眠。我忽然想去看一看。

但是同时，我又觉得这样做毫无意义。在我死后，她和孩子们度过了怎样的人生，我不可能不在意。但一旦知道他们的一生，我一定会更加后悔自杀的愚蠢行为。还是什么都不知道的好，既然我身为辞世之人，就不再有权利知晓家人们的人生了。

"咕……"这时，我的肚子叫了起来。越是想着乱七八糟的事情，肚子就越是会发出滑稽的声音。不，这是我闻到了香味的缘故。

真是好久没有吃山芋粥了。

我曾写过一篇短篇小说，就叫《山芋粥》。故事讲述了有个喜欢吃山芋粥的五品芝麻官遭人捉弄，每天都只能吃山芋粥。虽然故事是这样，但其实我本身非常喜欢甜食。

我最喜欢吃用白豆馅做成的小豆粥，而我也曾在随笔之中表露过自己对砂糖品质的执着。我自己都不知道，有多少次我想死的时候，是"地元"（注：日本的一个糕点品牌）的糕点挽留了我。

想到这里，我不禁坐立不安起来，于是我又来到厨房偷看。或许是察觉到了我的气息吧，弥生用歌唱一般的口吻说道："我以前看了芥川大人的《山芋粥》之后，就对山芋粥的味道感到很好奇。升入高中以后，我拜托母亲做山芋粥，我就在一旁学习如何调味，终于学会了！除了煎鸡蛋和茶泡饭之外，现在我唯一拿手的菜就是山芋粥了。"

虽然她豪言壮语地说自己很拿手，却还是害怕火焰，身子离锅相当远。

"废话少说，赶紧做吧。"

我说完，就回到了起居室，随地躺下。这时，我只觉得肚子饿得更加厉害，已经快受不了了。于是，我拿出之前在书店买来的书翻阅起来。我问店主这个世界什么小说最畅销，他就给我推荐了这本书，我也毫不犹豫地买下了。想了解这个世界，只需要买这个世界的大众最喜欢看的小说来看就好了。

我就这样一页一页地翻起书来，只觉得这本书的文风挺合我的胃口，不禁心情大好，翻书的手停也停不下来。书上的文章像是有魔力，明明乍一看似乎没什么深度，实际上却让人感觉回味无穷。

作为一个作家，当遇到未知的文风时，就会非常想去探究其中的奥妙，否则就坐立不安。于是，我仔细阅读起来，不知不觉之间，弥生做好了山芋粥，端到我的面前。我急忙把书藏到身后，可弥生还是偷偷瞟了一眼我的身后。

虽然这个小姑娘有时候很粗心大意，又不善解人意，却有一双敏锐的眼睛，让人不得不提防。

"在进入他人房间时，最好先告知一下。"

"是我失礼了。那么，山芋粥专业厨师要进来了。"

这都什么跟什么？虽然我很想这么问她，不过还是敌不过山芋粥的美味。

"真是让人好等啊……"

我甚至忘了自己身后藏着东西，立马拿起碗筷开始大快朵颐。

"真香……真是太好吃了……"

虽然甜味较淡，但是熬出了汤汁，粥的滋味很浓郁。拜此所赐，才几分钟不到，我就吃得肚子鼓起来了。

就在我一言不语地大口喝粥的时候，弥生趁机偷走了我藏在身后的书。

"哎呀，这是什么呀？"

"还，还给我！快点！"

我急忙伸出手去想抢回来，弥生却轻巧地躲开，跑到走廊去了。

"啊？这是什么书啊……村上春树……"

我故意轻咳一声。我买下的，是名为村上春树的小说家最近写好的书。

"我是想了解这个世界才买的。"

我听说这个世界的人都因为博若莱要公开不到年限的新酒以及村上春树的新书而热情高涨，便坐不住了，想去看看这本新书。

"这个应该不合你的胃口吧？"

"太没深度了，堪比麸皮点心！明明如此，却越看越觉得不可思议。仿佛有个铅球坠入了心中一般。这是怎么回事？这样的东西，在我（boku）所处的时代，根本不可能有人会认为它是小说。"

"啊，刚才你说的boku是指芥川龙之介吗？"

"这个无关紧要……"

"你说无关紧要？这样不会很奇怪吗？"

"你真的很烦人啊。"

我虽然板起脸来，却还是不停地用勺子吃着山芋粥，随即又眉开眼笑起来。

"虽然很不想承认，但这的确是很好的小说。我感叹于小说竟也能够如此自由，小说还真是深奥啊。"

"这样啊，那真是太好了……虽然我自己不太喜欢这类小说。"

"毕竟你是个女人，女人怎么可能懂文学嘛。"

"又性别歧视？小心我告你啊。"

弥生狠狠地盯着我。可我没时间管她，毕竟我正沉迷于山芋粥。

"总之，你做的山芋粥真是太好吃了。"

"主要是因为我放了永谷园（**注：日本的食品品牌**）的汤汁颗粒。"

"这是什么东西，是什么高级饭馆吗？"

我也不知道我说的话哪里好笑，总之弥生笑得花枝乱颤。我突然发现，自己又开始觉得她的笑容非常可爱了，而且这种感觉比以前更加直接。

不是吧，停下来！另一个我快停下！恋爱已经够多了。再说，这个女子的脸、名字，都和我的初恋一样。

然而，感情这东西，总是像野马一样难以驾驭。我心中产生了一种预感，自己将来一定难以驾驭这份感情。

3 佳代子今天也要使用魔法

那个女人又出现了——

佳代子来到田端车站前，从包里拿出日记确认。最近她一直都在这里除掉那个女人。明明如此，那个女人却还是不断冒出来。

她到底哪里没做对？为什么那个女人会不厌其烦地不停冒出来？

——就这么想让我不幸吗？真是令人厌恶的女人。那个女人曾夺走了自己的一切，不管多少次，都要除掉她。

——那个女人真是莫名其妙，既然搞不懂你，那就只好再次除掉你了。

"老婆婆，这里行人很多，很危险噢，还是回家吧。"

原来是那个经常去她家里的警察。

——这是我的事，用不着你管。

佳代子默默想。

——东京发展得太快才是问题所在啊。我没有改变，改变的只有城市。所以我没有错，我什么都没有忘记——无论是古老而美好的田端乡下风情，还是后来成为田端拱桥的原田端大桥，还有曾经幸福的家庭，以及对夺走这一切的女人的憎恨……我全部记得。

佳代子眯起眼睛微笑道："我知道了。真是承蒙警察照顾了，多谢你的关心。"

看到她深深鞠躬，警察也高兴地说：

"老婆婆，您还记得我呀？您最近是不是记忆力变好了？"

"别取笑我了。我的记性一直都很好，我很有自信。"

佳代子慌忙把日记本藏了起来。

警察笑着说："就让我送您回家吧，快和我一起走吧。"

但是她根本不能离开这里。

佳代子朝离车站只有几步之遥的麦可当劳店里望了一眼——那个女人还在吃饭。

"那个，警察，你就别在意我了。我一个人也能回家的。"

"是吗？"

就在这时，警察身上的对讲机响了起来。他接通之后简短地回了句"明白了"，随后又对她说道："老婆婆，我得离开了，等你散完步，就别逗留，要赶快回家啊。"

"好了好了，我知道了。"

警察满意地点了好几下头才离开。

待警察离去之后，佳代子用手指摸了摸手提袋里的剪刀。她要用这把魔法剪刀——能够剪碎时空，让一切还原的不可思议的剪刀，再一次让时光倒流。

麦可当劳的自动门打开了，从里面走出一个留着黑色长发的女人。

佳代子静悄悄地靠近女人的背后。她早已决定好了除掉女人的顺序。由剪刀所生出的魔法……不被任何人知晓的魔法就在其中。佳代子今天也要使用这个魔法，除掉那个女人。

她在心中祈祷那个女人再也不会出现。

4 文豪A时代错误的视角

我是在七月底才知道这个奇闻的。

"要去咖啡店吗？我发现了一家奇怪的咖啡店。"

我之所以邀请弥生一起去，当然有我的目的。

"啊，你这是在邀请我去约，约，约，约会（date）吗？"

这人怎么回事，为何会产生如此愚蠢的误会？而且还不经意地用外语来显摆自己的学识，真是女子不应有的行为。哎呀，我差点忘了，这种陈腐的思想，在这个男女平等的世界是不合时宜的。

"我不知道你在说什么，你到底是去还是不去？"

"我去，我去。老师真是个急性子大王，真是让人受不了。"

弥生留下一句莫名其妙的话，急匆匆地跑上二楼去换衣服了。什么急性子大王，这是哪国的语言？是什么新兴语言吗？我想了一会儿，还是决定不去在意比较好。

话又说回来，女人这种生物换个衣服怎么要花这么多时间？明明我说要出门，马上就可以出门。

"我限你五分钟以内下来！不然，我就一个人去了！"

"好的！"

回话倒是回得好，可实际上等她下来，已经过去十五分钟了。

"太慢了……"

"对不起，可是老师你不是说要先去吗？"

"我还没跟你说在什么地方呢……"

我一边说着，一边为无法直视她的打扮而感到困窘。她现在的穿着与之前朴素的装扮完全不同，上半身只穿着一块用肩带支撑的布料，好像是叫吊带背心什么的吧，下半身则穿着称其为短裤也过短的裤子，露出了两条大腿。

"你这是什么装扮啊……"

"什么是什么啊？我只是在享受夏天而已啊。咦，老师，你生气了？"

她不放过我躲闪的眼神，紧紧地盯着我。但是这样一来，她的大腿又占据了我整个视野。

"别，别靠过来……你这个暴露狂。"

"你说什么？"

"你穿得如此暴露，是想做什么？"

我只是理所当然地提醒她而已。结果，弥生又重重地叹了一口气。仿佛我说了什么无聊的话，她才发出如此夸张的叹息。

"老师，亏你能活到现在呢。"

"我没有活到现在啊。"

没错，我选择了死亡。刚才她这句话，是在讽刺我吗？不，她只是不知道罢了。

"你这不是活得好好的吗？别管这些有的没的了，快出门吧。"

"你要穿这身衣服出门吗？"

真是个可怕的女人，简直疯了。

"你好烦啊，不去的话就算了。"

"唔……没办法，那就走吧。"

明明我和平时一样，穿着和服，戴着常礼帽，嘴里叼着香烟。可我旁边却跟着一个穿着如此稀奇，裸女一般的人，想不引人注意都难。

明明如此，这个女人却毫不在意自己的穿着，反而说："那个，和我一起走路的时候，麻烦你别抽烟。还有，根据现在的法律法规，是禁止在路上吸烟的。"

"什么意思啊？不能在路上吸烟？怎么可能有如此荒唐之事？我就吸个烟，会给谁带来困扰啊？"

"又不是针对你一个人，大家都要遵守规定啊。"

"香烟又没有罪！"

"我的意思是，你吸烟有罪！"

我完全不明白其中的道理。不过考虑到这里是另一个世界，自然也有我无法理解的事物，就好像我无法理解这个女人的穿着一样。正所谓入乡随俗嘛，因此尽管我有点赌气，但还是把香烟收了起来。但这样一来，就无从发泄我不满的心情了，于是我加快脚步，以示抗议。虽说，我也只能做到这种程度。

可是我都这样了，弥生却笑得合不拢嘴："老师真是辛苦呢。"

"什么辛苦？"

"嘻嘻，没什么呀。"

从我家去车站，走路不到五分钟，那个咖啡店离车站只有几步之遥。我有好几次散步的时候都路过那里，结果每次都被从那里传出来的马铃薯的香气激起食欲，便想着总有一天要来拜访一下。说起来，在那里可以仔细观察我在罗生门见到的那幅地狱绘的舞台。

"就是这里。"

我们终于来到了店前。这家店的红色屋檐和黄色的巨大M字让人感觉很气派。虽然我还是第一次来，但也能感觉到这是一家比较高级的咖啡店。

"啊？莫非你说的就是这里……"

"正是，我说的正是这家咖啡店麦可当劳。你看这里装饰得如此色彩鲜艳，这巨大的M字标志不是很帅气吗？进去看看吧。"

可是弥生却表现得有些犹豫。

"呃，与其说这里是咖啡店，倒不如说是快餐（fastfood）……"

"你又想用我听不懂的语言来迷惑我吗？"

我不再听弥生多言，径自穿过自动打开的透明门，走到店里去了。油与马铃薯的香气混在一起，刺激着我空空如也的胃部。

见我这样，弥生也慌忙紧随我走了进来。

我和她点完餐，便来到面朝窗户的长条桌椅坐了下来。我点的是将马铃薯油炸而成的薯条和咖啡，她则点了份叫作芬达的冒着气泡的饮料。虽然薯条与我想象中的大有不同，却非常美味，我一根又一根地拿起来吃，根本停不下来。

"说起来，居然要先付账，真是奇怪的店家。这么急着让客人结账，到底有什么好处？"

"哪里的快餐（fastfood）店都是这样呀。"

她又一脸得意地说起外语来了。到底是她这人太特立独行，还是这个世界的人皆是如此呢？我心想，这个世界也快完蛋了，又拿出支香烟来。

"我要抽了。"

"哦，变得会事先询问了啊？有进步，有进步。"

"你这人真是嚣张，小心我拿烟烫你。"

真是个棘手的女人。我拿出火柴点燃，将香烟尖端伸向火柴。香烟发出"滋溜溜"的声音，宛如火山岩一般发出火光，随后我的肺部便充盈着让人舒爽的焦油香味。

"你知道咖啡是如何在这个国家传播开来的吗？"

"不，我不知道。"

"森鸥外老师组织了一个叫作潘之会（注：此处的"潘"取自牧神潘，出自希腊神话，半人半兽的牧神是创造力、音乐、诗歌与性爱的象征，同时也是恐怖与噩梦的标志。日语中，"面包"与"潘"的发音都是pan）的活动，每个月都会邀请众多文人。这个潘之会，就是指喜欢咖啡的人们的聚会。"

"怎么不叫咖啡之会呢？"

"蠢货，这个pan不是指食物的那个pan，而是指牧神潘。"

"这样啊，我对这方面不是很懂。不过我记得芥川大人和森鸥外没什么交流来着。"

"毕竟森鸥外不善与人来往。"

"可是，不是他组织的社交活动吗？"

"怎样都好……"

"芥川大人是被他讨厌了吗？"

"我想应该不是吧……"

我担心起来了。鸥外老师和我本就年龄差距很大。我原想与他多一些交流，可我的人生本就没有那么闲，更别说勉强自己和他人接触了。

就在我回想过去的文坛的事情时，身后传来了别人的谈论声，打断了我的思绪。

"真是不敢相信，头发可是女人的生命啊！她太可怜了。"

"不是自己剪掉的吗？"

"才不是呢，自己才不会剪得那么粗糙呢。那一定是'剪头发的老太婆'干的好事！"

她们正大声谈论着可怕的话题。

既然听到了这样的谈话，我就不得不回头望去了。关于这一点，弥生似乎也与我持同样的想法。我们几乎同时转过头去，望向声音传来的方向。原来是两个二十来岁的女人，其中一人单手拿着化妆道具正在补妆，另一个人则拿着本文库书似的东西，一边看书一边交谈。奇怪的是，两人都穿着同样的衣服。

弥生小声地对我说："她们应该是同一个公司的员工吧，我想大概是银行的职员。"

"所以才穿着同样的服装吗？我还以为她们是双胞胎呢。"

仔细一看，她们两人的容貌并不相似。已经成年还要穿制服，这个世界真是疯狂。我调整了一下心情，继续探听两人的谈话。听她们说，事情并非发生在她们自己身上，而是她们共同认识的人。

"真奈昨天午休时一回到公司就一直大哭。"

"这样啊，她真是倒霉。看来'剪头发的老太婆'真的存在呀。"

听到"剪头发的老太婆"这句话，我立马全神贯注起来。这恐怕是因为我由"剪头发"联想到了剪刀这一形象的缘故。

我马上想起在罗生门看到的那场惨剧，那个老太婆就是用剪刀贯穿弥生胸膛的。要解开那些奇怪暴徒的谜团，首先必须搞清楚其中最先出手的人，即那个老太婆是什么来头。我就是考虑到这一点，才来这家店的。若问我为何这么想，那是因为在那群人之中，行动范围最小且运动能力最差的就是老人了。

我本想来这里，看能不能透过窗户找到在那时看到的白发老太婆，没想到就听到了这样的对话内容。看来，这一定是上天的安排。

话又说回来，就算是大白天，"剪头发的老太婆"这个词也太不合适了。

"好像就是这样，办公室前台那个差我三岁的女孩，在前几天也被人剪掉头发了。"

我整理了一下她们的对话，判断那个被称作"剪头发的老太婆"的人，专门针对年轻女子作案。

"女士们，请容我打扰一下。"

我转过身，朝她们打招呼。

穿着相同衣服的两名女性职员也朝我看来，神情惊疑不定。

"能否让在下详细打听一下二位方才所说的话呢？"

听到我这么问，不知为何，我身旁的弥生抱起了头。

"你说'在下'什么的……"

虽然我不明白我说的话哪里奇怪，但她们似乎正为我说的话感到困扰。算了，还是先不管她们比较好。问题在于，明明我真挚地询问，眼前的两人却用怀疑的眼光看着我。

"你，你是谁啊……语气好恶心……"

"讨厌，就是那个，故意模仿芥川的穿着，应该是那种'文豪什么的'宅男吧？"

"才不是呢，那个芥川穿的是黑色大衣，才不是和服呢。"

两人开始做作地说起悄悄话来。女人们在交谈时，有时候会不顾别人听得见还是听不见，只要她们自己觉得算是悄悄话，就认为别人真的听不到。

她们似乎就是这样的人，不过关于她们谈论的内容的关键部分，有不少地方我都听不明白。

"kimoi……otaku？我家离这里约有五分钟路程。语气肝脏又是什么意思？"（注：kimoi是"恶心"的缩略词，kimo则是肝脏的意思；otaku原本是"您家"的意思，现在多指在家闭门不出的动漫爱好者。）

我这么一说，弥生发出长长的叹气声，接着又来妨碍我的调查工作了。

"不好意思，这人突然说了些奇怪的话。"

弥生站起身来，朝两人低头道歉。真是个失礼的女人。

"我说你啊，把主人称呼为'这人'是不是有些欠妥啊？"

我责怪了弥生几句，她却不为所动，还是无视我。

"这人有些不谙世事，还请见谅。不说这些了，刚才你们所说的'剪头发的老太婆'，是真实存在的吗？"

她这样的处理方式，本可说是完全触碰到了我的逆鳞，然而她毕竟是在为我向她们打听情况，因此我也不得不接受她的做法。

"虽然我也不知道是否真实存在，但传闻说她会出现……"

这两个女人怎么回事？明明看我的时候露出了那么怀疑的眼神，面对弥生却如此轻易地就回答了。虽然这挺可笑的，不过也罢。

总之，多亏了弥生，我终于从这两个女性职员的口中打听到了以下的故事。

白天，一群公司女职员离开公司到麦可当劳吃午餐。她们吃完后走出店外，看到了一个不认识的老太婆。其中一个人看老太婆穿得挺寒酸的，本有些在意，但还是决定不管，谁知道接下来就感觉自己的头发被人从身后拽住了。

女人慌张地回过头去，只见老太婆拿着一把巨大的剪刀，还露出狰狞的笑容，快刀斩乱麻似的剪掉女人的头发，然后逃走了。

"真是可怕……"

要问我为什么会觉得恐怖，因为我想到，大白天一个老太婆狰狞地笑着，抓住别人的头发逃窜而去的画面，只觉得这比什么都恐怖。我心想，这样的故事完全可以收录到我在创作时经常参考的《今昔物语集》之中。

我向那两个女职员问道："太恐怖了。说起来，有个地方我很在意，为什么没能当场抓住那个老太婆呢？"

此时她们的眼中已经没有之前对我的猜疑了。

"应该是觉得害怕，所以没人敢站出来吧？"

她们面面相觑，如此回答道。然而我能看出，她们仍对我感到困惑，但试图糊弄过去。日本人大多如此，每当遇到自己无法理解的事情，总会想尽量笑着忘掉。我曾生活过的时代如此，时至今日依然如此。看来，接纳了我的作品的世界，在根本上也与以前的世界没什么两样。

然而，我并不满足于她们的回答。她们真以为这样的回答就能让我接受吗？

"这太奇怪了。若是发生在夜晚，四周空无一人，我倒能理解，但那是在光天化日之下。就算那位受害者女职员无法抓住凶手，其他人又在做什么？难道现场没有四肢健全的男人吗？"

两人完全不说话了，一定是想尽快从我的质疑下逃脱。就在这时，弥生凑近我的耳边轻声说道："那个，老师，对待老年人不是要亲切一点吗？"

弥生怕是想说，就算那个"剪头发的老太婆"的行为有多么异常，毕竟她也上年纪了，所以应该对她睁一只眼闭一只眼吗？

"嗯……"

倒也不是没有这个可能，但要问我能否接受这个说法，我的答案是否定的。即使应该敬老，但她为老不尊也是事实。

我对向这两个女人问问题感到非常不愉快，何况从她们口中也打听不出什么重要信息。于是我回到自己的座位，端起已经有些凉了的咖啡送到口边。

话说回来，那个"剪头发的老太婆"的作案动机到底是什么？

就在我想着这些事情的时候，弥生坐在我的旁边玩起智能手机来（说起来，这是前段时间弥生告诉我的。她还说现在的人都把智能手机简称为手机了。而且，她还送了我一台手机。虽说是她用旧了的，但居然送给我如此先进的机器，她还挺大方的）。

"我查了一下，以田端车站前的麦可当劳为中心，的确流传着一些都市传说。"

她能使用名叫网络的东西快速进行调查。还记得前不久我说胃胀，不一会儿她就拿着手机告诉我，脚底有个穴位，对缓解胃胀有帮助。

"你说都市传说？"

"嗯……似乎并不是什么案件……"

"都市传说是什么东西？"

"就是不具有历史考察价值的鬼故事一类的东西。原本只是传闻，说的人多了，就有很多人相信了。"

"原来如此，我也挺喜欢这一类的故事。"

刚听说"剪头发的老太婆"的时候，我立马就想到了《今昔物语集》，看来我也没猜错。

"在《今昔物语集》和《宇治拾遗物语》中也有不少这类故事。"

我的许多作品主题就是来自《今昔物语集》和《宇治拾遗物语》。或许是对于我渊博的知识感到佩服吧，弥生露出开心的表情，说了句"失礼了"，也不经我许可，就拿走一根我爱吃的薯条吃掉了。我还是第一次见到说"失礼了"就真的如此失礼的人。

"你喜欢《今昔物语集》吗？"

"嗯。那本书的行文粗犷干练，能够一窥中世纪的容貌，感受到无与伦比的生命力。比如，由尸体筑起的罗生门，就很能刺激创作欲。"

"你说的就是芥川大人的《罗生门》吧？"

眼下，我还是假装对芥川龙之介不是很熟悉比较好。

"还有那样的作品啊？我都不知道。"

是我演得太假了吗？弥生玩味地看着我的脸，笑着问道："需要我告诉你故事情节吗？"

总感觉被她看穿了，是我的错觉吗？

"你说吧。"

"故事是这样的。雨中，罗生门下坐着一个被主人辞退的仆人。他坐在那里，思考今后该何去何从。事到如今，饿死已是迟早的事情，他只好不择手段了。他迷茫着是否要去当盗贼。"

"后来呢？"

"这时，他发现罗生门楼上的某处还有其他人，于是上去查看，发现那里尸体堆积如山。在当时，罗生门被用来放置尸体，尚未进行改建工程。他来到楼上，碰到了一个老太婆。老太婆蹲在尸体之间，正在拔一个女人的头发。男人便问老太婆，为什么要做这样的事情。"

仿佛小说就摆在眼前一般，弥生毫不停顿地讲述起故事梗概来。看到有读者竟能对我的小说记得如此详细，身为作者，我不禁感到无比荣幸，于是我的表情也不再那么紧绷了。

"哦，那个老太婆怎么回答？"

"老太婆回答，她之所以拔头发是要拿去卖。听到老太婆的话，男人觉得仿佛自己的未来得到了肯定，便毫无顾忌地去行窃了。人们认为，这部作品揭露了人们为了生存而肯定私欲的利己主义。"

这样的解读，堪称教科书般的模范解答，但我就是觉得不舒服。

"老师，你怎么了吗？"

此时，我受到诱惑的驱使，非常想把自己灌注在《罗生门》中的热烈的情感倾诉给她。既然弥生如此热衷于我的作品，对于作者，热心的读者也相当于非常好的知己。

好在最后我还是抑制住了自己的欲望。

我吃了一根薯条。虽然这种食物本身并不高贵，却有着难得的气质，再加上那香脆的口感，使得我终于能够镇静下来。

5 文豪A时代错误的视角

"就算你说'揭露了'什么，但实际上又如何呢？"我说道，"我（boku）的实际想法到底是怎样的呢？"

我轻抚起下巴来，弥生看到我这样，不知怎的突然脸红了起来。看我看得入迷这点我倒不介意，可她每次这时都会发出"呃哦哦"这样奇怪的声音，这点就不能改一改吗？

"刚才你所说的boku，是指木头人吗？"

"啊，嗯……没错，当然是这样。"

对了，在这里我不是芥川，而是茶川。不时刻注意这一点，我就会马上忘记。

"你认为《罗生门》是一部揭露了人们利己主义的作品吗？"

我这样一问，她瞬间像是沉思般低下头来，随后又将食指抵住额头。

"这部作品属于芥川大人的早期作品，他越是后期的作品，就越是强烈地表达了他对兽性的追求。"

"的确正如你所说，但……"

"但是，其实我认为，从《罗生门》的时期起，他就已经有了这种倾向。"

"你这个假设很有趣。"虽然我无法完全同意她的说法，但还是表示出了某种程度上的理解，"继续说下去吧。"

"好的。那个仆人是在看到老太婆为了活命而不择手段的样子之后，才坚定了自己'为了不饿死，只能成为盗贼'的想法的。无论如何都要活下去——这种蛮劲，就是兽性吧？"

"谁知道呢？也罢，于是呢？"

"我认为，要是缺少这种兽性，芥川大人也无法创作出之后的作品。所谓兽性，按照我的理解，指的就是背弃人类的良知与伦理道德，暴露出本能一般的精神层面的动力。芥川大人虽然是个人渣，在本质上却是个善良的人。"

"人，人渣……"

"怎么了吗？"

"没……你继续吧。"

"虽然他是个人渣，却很温柔。所以，我想他的内心一定受过很多煎熬。而随着他年龄的增长，他的烦恼也日渐增多，人常伦理与亲情友情使他动弹不得，痛苦不堪。芥川大人是一个值得去爱的人渣，尽管他只能用寻死的方式来得到解脱，但我始终觉得，他的作品在对缺少活下去的动力的现代年轻人们诉说着什么。"

我闭起眼睛，吸了口烟，再吐出白色的烟雾。

"那么，你认为我（boku）……木头人是为了肯定那些暴行而写出《罗生门》的吗？你认为他是在向这个世界说，遵从内心，像动物一样，随心所欲地活着吗？不论是盗窃，还是杀人，都请随意吗？"

"这一点啊……"

每当她露出被戳到痛处的表情时，身体总会不自觉地歪向一边，这点也让我感到不知如何评价。

"其实，指导我毕业论文的教授也曾指摘过我相同的地方。教授说我的论文考据充分，但是以'对自私的肯定'为结论真的好吗？当时我没能好好地回答这个问题。教授对我说，如果我打算读研究生，就应该去研究这个问题。但由于我考取了教师资格证，就直接毕业当教师了。因此，我便没有继续研究这个问题。"

我轻轻点了点头，把还剩挺多的香烟灭掉了。眼前的女子并不愚蠢，虽然有些冒失的地方，但非常特立独行，有天资。

"那就现在来思考一下，如何？"

"可是，我又没有读研……"

"你可别误会了。所谓研究，换句话来说就是爱。如果你真的爱着芥川的作品，就用爱的力量去解读吧。一字一字、一行一行、一段一段……仔细地解读。只要这样就足够了，在什么地方完成这件事情，根本就不重要。"

我微笑地看着弥生，结果她又发出了"呃哦哦"的奇怪声音。

"我刚才是第一次觉得你好帅。"

我把头扭向一旁，又把刚才已经灭掉的香烟拿起来含在嘴里。

"也罢，关于《罗生门》的解读就暂且不提了。更为重要的是，我们必须弄清楚'剪头发的老太婆'到底只是个都市传说，还是确有其事。"

"需要这么执着吗？不就只是偶然听到的故事吗？"

"说什么蠢话，那个老太婆不是随身携带剪刀的吗？放任不管的话，早晚会一发不可收拾。"

"你太夸张了。这种传闻，在东京真是一抓一大把。"

"要是我说事关人命，你还会这么说吗？"

这个小姑娘什么都不知道。虽然这也是理所当然的事情，却也正是悲哀所在，因此她才能一副事不关己高高挂起的样子。我对此感到十分生气。

"啊，事关人命？"

"虽说只是剪头发，但她是未经许可，而且是从别人背后不由分说地强行剪断。要是老太婆在剪到头发之前，就被受害者发现，你觉得她会怎么做？"

"就算你问我她会怎么做，我也不知道啊。这是她的问题……"

"你对待问题的态度还不够认真。你想象一下自己就是那个老太婆，要是被人发现你擅自剪人头发的犯罪行为，那么你只有两条路可走——要么逃走，要么刺杀那个女人。一个老太婆能跑多快，自不用说。如果我是那个老太婆，我就会用剪刀刺死那个女人，再逃之夭夭，这样绝对安全得多。"

我说着，脑海中将拿着剪刀的老太婆的身影，与我所写的《罗生门》中的老太婆的身影重叠了起来。一个是拔掉死人头发的老太婆，另一个是在大庭广众之下袭击活人的老太婆。她们的共同点就是对头发下手。

《罗生门》中的老太婆是为了活下去才拔头发的，那么现代都市中的"剪头发的老太婆"又有怎样的动机呢？

"老师，到现在还在思考这个谜题，你是认真的吗？"

"不行吗？"

"这很有可能只是个都市传说，而且我觉得也没有答案……"

就在弥生这么说的时候，突然从我的背后传来了声音。

"啊，又来了！看啊，那边！"

发出声音的人，正是方才那个职员双人组中的一人，她正用手指向窗外。

我立刻如脱兔般地跑了出去。

"啊，老师！等等我！"

虽然弥生紧跟着我，但现在我也管不了那些了。刚才，我分明看到一个白发苍苍，弯腰驼背的老太婆消失在人群之中。

我朝蹲在十字路口的女人问话。她同样身穿公司制服，满脸恐惧地双手按住自己的头发。

"老太婆往哪边跑了？"我向她询问道。她双眼含泪，颤抖着手指向车站反方向。

然而，白天车站的周围很混乱，已经看不到老太婆的身影了。那个披散着一头白发的老太婆，的确与我在罗生门前看到的地狱绘中的那个人极为相似。

可我一追，她的身影忽然消失不见了。

到底为什么会这样？

虽然我曾经也写过多重解读推理小说，但我对这一类的解谜很不拿手。再加上这件事关系到弥生的性命，看来解开这道谜题可以说是我的宿命了。

之后我依旧盲目地追赶着老太婆，也向几个行人打听，却完全找不到她的踪影。我居然连一个老太婆都赶不上，真是不可思议。这个世界与我所知道的世界相比，实在是太快了。不论是交通工具，还是行人的走动速度，皆是如此。大家都这么着急，到底是要去往何处？

我开始发起无聊的牢骚，最后还是无可奈何地回到了有着M字标志的咖啡店。

结果，我回来之后却发现弥生不见了。

她去哪里了？

我发自内心地感到后悔，不该将那粗心大意的姑娘一个人留在如此混杂的地方。我一想到要是老太婆杀个回马枪把她刺死了，就不禁浑身冒冷汗。

我要冷静下来。就算离开这里去找她，也没那么容易找到。这个东京与我熟知的东京完全不同，这是由迷宫构建起来的城市，是另一个世界。就连一个老太婆也能在此轻易地消失，也不可能简单地找到弥生。

那么，我就只能在这里老老实实地等待吗？

就在我焦躁地点起香烟，送到嘴边时，咖啡店的自动门打开了，随后弥生就像是被风吹进来般地回来了。

"你去哪儿了？我很担心你。"

"这，这话应该由我说才对。"

原来，弥生是陪那个受害者去派出所提交受害申请书去了。在了解原委之后，我也不好再多抱怨弥生，只好无可奈何地板起脸来。

"你追那个老太婆追到哪里了？"坐在对面的弥生问道。

"我跑去了住宅街，却还是跟丢了。"

"老太婆没在那里吗？"

"不，有很多老太婆。那里全是聊闲天的老太婆，却没看到追的那个。"

我一说完，弥生直接笑了出来。真是个悠闲的家伙，还不知道自己可能会被杀死。

"不过，这样的案件真是过分！"弥生可能是想起了刚才遇害的女人流泪的样子吧，义愤填膺地说道，"果然还是由我们来抓住凶手吧！"

"明明方才你都不怎么伤心，这是怎么了？是目睹了受害者，才终于感同身受了吗？"

"唔……嗯，差不多吧。"

"也好，即使如此，也比你不能感同身受好得多。之前最让我震惊的是，那个女人被剪断头发蹲在地上的时候，周围的人对她漠无关心。之所以对他人毫不关心，是因为对他人的问题缺乏同情心。这可以说是世界朝利己主义倾斜的征兆。"

"怎么会，你又太夸大其词了……不过的确，刚才的受害者都哭了，可除了我，周围没有任何一个人去她身边去安慰她。"

"是吧？所以我说太奇怪了。看他们的态度，仿佛在说一切都是她自己的责任一般。"

"也没有一个人想去抓住'剪头发的老太婆'。就算去派出所，警察也很冷淡，只是以公事公办的态度催促我们快些完成受害申请，连一句表示同情的话都不肯说。听你这么一说，我也觉得很不可思议。世界到底是从什么时候起变成这样的呢？就连我自己在被老师指摘之前，都没有意识到这种事情的特别之处，反而坚信这如同日常茶饭一样普通。是啊，不知从何时起，这份冷漠变成了这个国家最理所当然的状态了……"

弥生说完，又发出了一声低吟。她果然是个可塑之才，能够举一反三，就像桃太郎一样。于是我在内心试着把她叫作桃太郎。可如此一来，就感觉她更加可爱。还是算了。

"加上这次的受害者，可以确定，至少已经发生过三起类似的案件了。明明在光天化日之下，车站前发生了这么多次案件，凶手却一直没有落网。而且，大家还都知道是个老太婆作的案。这个国家到底怎么了？虽然我本来就不喜欢这个国家的人，但若是换成大正时期的人们，我想至少也会有人有所行动。"

我刚说完话就开始反省，我这么说，不就显得自己认识大正时期的人一样吗？而且，弥生似乎已经对我方才的话感到怀疑了，看来为时已晚了。

"好，好了……虽然我不清楚大正时期的人是怎样的，不过头发可是女人的生命。就算是那个'剪头发的老太婆'，以前不也年轻过吗？我觉得她应该不会忘记这一点，真亏她能做出那么过分的事情。"

"也有可能是因为她已经不再拥有年轻和头发，才会对其他人心生嫉妒吧？"

"嫉妒吗？"

"这足以成为犯罪动机。"

"也就是说，你认为她之所以袭击长发女人，是为了满足自己的嫉妒心吗？"

"这不过是一种猜想，什么样的动机都有可能。说起来，凶手真是个老太婆吗？"

"难道不是吗？"

"她逃得也太快了，怎么能一瞬间就消失在人群之中呢？以老太婆的脚力，真的能做到吗？"

我追"剪头发的老太婆"的时候速度也不慢啊，却还是没能抓到她。简直让人觉得她就是个妖怪。

"或许这就是她被认为是都市传说的原因吧……"

"没错，但这只不过是在谜面上贴上'谜'的标签罢了，谜题就是用来解开的，否则毫无意义。

"为什么那个老太婆要一直针对女人的头发下手？

"为什么那个老太婆至今仍未被人抓住？

"她该不会是像《罗生门》里的老太婆一样，需要出卖头发为生吧？"

"虽说这也不无可能，即使育发植发的科技有所进步，但现在依然有各式各样的假发。我觉得，应该还是有从业者收购女人的头发吧。但是，这个真的赚钱吗？真的值得人不惜犯罪也要得到吗？"

"我不知道，我对这个世界……"

"咦？"

好危险，差点就暴露我的秘密了。

"没什么。"

既然头发已经不像以前那样有作为商品的价值，那个老太婆又为何要剪断别人的头发呢？

话又说回来，这个都市传说到底有几分是真，又有几分是别人添油加醋的呢？我只知道，方才的女性受害者确实受到了心理创伤，她的头发被剪断也是事实。

"对了，受害者说过，'剪头发的老太婆'在离去之时曾说了这么一句话——这样一来就消失了。"

"这样一来，就消失了？"

剪断头发，消失了？

有什么东西从我的脑海中掠过，我一下子站起身来。

"你，你明白什么了吗？"

可能是我像名侦探得到灵感一般站起来，使她心生期待了。

"什么都不明白。"

"呃……"

"回家吧，我想去买叫作电视机（**注：芥川龙之介说的是外来语**"television"）的东西。"

没错，要了解这个世界，首先就得收集信息。前段时间，我在东京市内散步的时候，发现随处可见会动的画面。我打听了一番，才知道原来那个叫作电视机。在这个世界，这种机器似乎既方便娱乐，也方便收集信息。

"呃啊，电视机？"

她又发出奇怪的叫声。为什么她就不能成为一个无懈可击的好女人呢？真是太可惜了。

"没错。人被投影在方形物体里活动，那应该是电影投影仪的缩小版吧。"

"那个……你用不着跟我解释电视机是什么。"

原来是这样吗？我不禁感到惊讶。我本以为这个冒失的小姑娘应该不会知道电视机是什么，原来连她都知道啊。

我怀着不甘的心情走向出口。弥生也站起身来，跟在我身后。

"要去哪里才能买到电视机呢？"

我对这世上的一切都缺乏足够的知识，迫不得已只能向这个小姑娘打听，这让我感觉十分屈辱。

"应该是Bic Camera（**注：日本的一家家电零售连锁店**）吧。"

"巨大的相机……明明是去买机器，却要进入那么巨大的机器里面……"

"不是big，是bic！好了，快走吧！"

弥生一脸无语地抓起我的手臂就出发了。我被弥生拖着走，同时发现自己竟然对马上要被巨大机器吞没而产生了奇妙的兴奋感。

6 米子头脑发热了

"我说，你们不觉得刚才过来的小哥长得很像芥川龙之介吗？"

"是吗？"听到米子的话，阿花回道，"我没怎么仔细看啊，毕竟只是一瞬间的事。"

就在刚才，有一个身穿和服的男子跑来了这里。

他说："打扰你们谈话了，请问有没有一个拿着剪刀的老太婆经过此处？"

男子的说话方式有些奇怪，在场的四个女人全都大笑了起来。之所以这样，是因为在场的全都是年过八旬的老年人。

米子就是其中最高龄的一位。她最近由于植了牙，牙齿非常漂亮，什么东西都能吃，因此健康状态比七十岁的时候还要好。除此之外，她的紫色假发也很适合她。

"老太婆，你是指我们吗？"

"啊，不是的，我不是那个意思……"男子说完，便为难地挠起头来。

因为谁都没有见到过他口中所说的老太婆，就老老实实地告诉了他。男子鞠了个躬便原路返回了。

"确实，他的脸挺长的，是个帅哥。"

阿花回想起男子的面孔。以前追求过她的男人之中，不曾有那么帅的小伙子。

"哎呀，阿花，你还知道'帅哥'这种时髦的词汇啊。真是年轻啊。"

米子轻轻戳了一下阿花。就在这时，最近背驼得厉害的美佐江朝远处抬了抬下巴。

"看啊，那边。唉，最近奇怪的人真不少。"

其他几人跟着望去，只看见一个身穿红色连衣裙的人正朝这边走来。那人身材高大，四肢强壮，还长着胡子，明显是个男人。也不知道他为什么要穿这样的服装。

四个老太婆感觉非常不可思议，直盯着那个人。虽然最近这种事情也变得不再稀奇，但对于阿花她们那个年代的人来说，男扮女装本身就会让人觉得莫名其妙。如果非要男扮女装，那至少要穿得漂亮，像个女人才行。要么就成为歌舞伎演员，把自己打扮得比女人还要美丽，这样的话倒还能理解。可那个人并非如此，反而还蓄着胡子，穿红色连衣裙，真是让人无法理解。

在这种时候，阿花会很注意不要过分露骨地盯着对方看。但人一过了八十岁，就控制不住自己的好奇心了。除了阿花，其他三个老太婆都毫无顾忌地注视着女装男子。

男子似乎也察觉到了她们的视线，突然停下脚步。

"你，你要做什么……"

米子毫不掩饰自己的敌意，狠狠瞪着男子。紧接着，满面胡子的女装男子瞪大了双眼。

男子的五官长得还挺端正的，浓眉大眼。要是他穿着正常的衣服，应该也不失为一个美男子，真是太可惜了——阿花如此想道。但马上她的想法就变得毫无意义了。

男子紧紧地抓住米子的紫色假发，接着就直直地揭了起来。

"等，等一下！你要做什么啊？你快点还给我！快还给我！"

男子嬉笑着从裙子口袋里掏出芝宝打火机，将假发点燃。假发一边燃烧着发出声音，一边快速地缩小。

"你做什么啊……啊啊啊啊啊啊啊啊啊啊不要啊……别这样……"

男子对米子的哭喊声充耳不闻，又把假发举得更高了。

火焰燃烧得更加猛烈，终于把假发烧尽了。

"按照该有的样子活着吧。"

男子说完，便吹着口哨走开了。

"报，报警！赶快叫警察来！"米子用双手护住稀少的头发，大声喊道。

阿花点点头，赶紧朝派出所跑去。

这便是之后发生的多起"烧假发"案件的第一起。

第三部 兽性解放

1 某文化教室的场景

啊，大家好。今天就是第十次，也是最后一次讲座了。大家觉得如何？是不是觉得时间过得很快？

所谓解读就是误解，而误解就是为了解放。在迄今为止的讲座中，我已经向各位说明过了。

大家觉得如何，有没有感觉轻松一点？

我认为，直到现在大家都过得非常辛苦。比如说，不能憎恨别人，也不能伤害他人。

但是，好好来看看这个世界是什么样子的吧。看啊，如何？你们没有过谁强势，谁就是赢家的经历吗？我前不久就经历过一次。我在电视台得到了一个角色，结果收到的薪水比我想象中的要少。

以前的话，我会对导演说："这个有点少了吧？"结果，导演居高临下地跟我说："像你这样的人，又不是出自什么知名事务所，我们肯用你，你应该觉得感激才对。"对方这么一说，我就无言以对了。

但是现在的我不一样了，我稍微改变了一下应对方式。具体而言，就是像这样说：

"蠢货！这么少的薪水，你糊弄谁呢？你以为我是什么人？给我重新拿钱！"

你们猜，结果如何？对面那帮人，直接向我下跪道歉，还重新拿了双倍的钱给我。

就是这么一回事。

这个世界，并不是强者就能胜出，而是摆出强硬态度才能获胜。就算把憎恨藏在心里，也不能改变什么。请各位把到目前为止觉得是错误的，却一味忍让的事情重新做一次吧，这样才能改变社会。

在此，我向各位分享一个不错的故事吧。这个故事是由大家都很熟知的芥川龙之介创作的。嗯，时至今日，想必各位应该都很了解他了吧？在迄今为止的讲座上，我也经常和大家提起，芥川龙之介在他的作品中常常描写兽性。

今天我就和大家来说说《桃太郎》这个故事吧。嗯，没错，芥川曾以那部名作《桃太郎》为基础进行了改编。他笔下的桃太郎是一个自甘堕落的男人，因为不想工作，便想得到鬼岛的财宝，去击退妖魔鬼怪。为此，他利用权力强行污蔑那些妖魔鬼怪，说他们做了大逆不道的事情。哎呀，真是痛快至极。这真可谓是芥川的历史修正主义的极致，我希望各位也务必读一读这个故事。

没错，只要是为了自己的欲望，不论什么事情都可以正当化。

各位已经不需要再去忍受任何事情了。如果各位对某个人或者集体有意见，只需要大声地说出来就行了。

对，对，喊得更大声一些。来，大家一起把自己讨厌的东西喊出来吧。对，大声地喊出来！

感觉很不错，Good，太棒了，Marvelous（注：了不起）！

只要在座的各位同心协力，就没有办不到的事情！让我们来制造一个不需要忍受任何事物的革命日吧。

首先，我们就从田端开始，我们将从这里改变世界。

以前的艺人说过，众人一起闯红灯就不会怎么样。嗯，所以，就定在八月二十四日吧。你们知道这是什么日子吗？这刚好是芥川死后一个月的日子。

所有的一切都会从这一天，在田端车站前开始！

2 内海弥生的电话粥

"这就是电视机啊……"

阿美学姐，我是说真的。老师对着放在客厅的电视，心满意足地点着头说了那句话啊。

关于"剪头发的老太婆"的事情，正如刚才我跟你说的那样，之后我就带老师去新宿的Bic Camera商店去了。

老师连眼神都变了。

他走到一台一台的电视前，兴致勃勃地观察，就像是第一次被带到水族馆的小孩一样。最后，他看上了一台二十四英寸的超薄型电视，就买下了。

一回家，他就兴奋地从各个角度端详电视。于是我向他提议："那个，也差不多该改口叫电视（注：日语口语常用televi指电视，即television的前半部分）了吧？"但是，好像老师并没有听进去，还说："这个电视机真是太棒了！"

啊，炫耀？我都说过好多次了，才不是你说的那样呢！我的声音听起来好像很开心的样子？你误会了，而且大错特错。

自从买了那个二十四英寸的液晶电视，老师书也不看了，就一直待在电视前面。啊，你说我嫉妒了？为什么我非得嫉妒电视啊？真是让人无语。

他有时会附和新闻播报员的话，还会在看单口相声的时候捧腹大笑。我看他拍着地板笑个不停，以为他很喜欢搞笑的东西，就告诉他还有很多娱乐节目。结果，可能是搞笑的节奏太快他跟不上吧，他又露出惊讶的表情……那个表情实在是太好笑了……

所以我都说，不是在炫耀啦！

现在，老师最感兴趣的就是验证历史的节目、动物节目，以及新闻节目了。可能是他接受视觉信息的经历很少吧，他现在正集中精力紧盯着电视不放，快速地吸收各种知识。这让我有一种正在观察生物成长的感觉。

你说他刺激到我的母性了？学姐，你在说什么啊？就算你马上要结婚了，也别擅自把别人辛苦的生活想象成这种恋爱情节呀。

不过，老师能够自己去学习各种知识，是一件很好的事情。应该说至今为止他真是太过无知了。他到底是在怎样的环境长大的呢？我几乎每秒钟都会为此而感到震惊。

他一开始竟然连马桶都不知道怎么用。

有一次，他去车站上厕所，结果几秒钟后就回来了。他一脸严肃地跟我说："不好意思，那个厕所有点奇怪，好像发生了什么异常情况。"总而言之，就是他之前没有见过马桶。在现在的世界，成年之前都没有用过马桶，你能相信吗？

不过茶川家的厕所是日式的，所以这可能也情有可原吧。但不管怎么说……学姐，你笑得太大声了吧？

你看，我不就是个看着科幻小说长大的姑娘嘛。啊，你不知道？哦，那你现在记住吧——我是看科幻小说长大的。像赫伯特·乔治·威尔斯、埃德加·爱伦·坡，还有儒勒·凡尔纳，我是看他们的科幻小说长大的。我最早接触到的芥川大人的作品就是《魔术》，这部作品也带有一些科幻色彩。我想，我就是从这部作品开始喜欢上芥川大人的。

啊，你问我想表达什么？

我的意思是，有一瞬间，我通过自己的科幻大脑想到了，他该不会就是芥川大人穿越到现代来了吧？不过，我已经是个成年人了。啊，你刚才笑了吗？有什么好笑的？我可是个现实主义者，我只是信奉芥川大人而已，本质上还是个现实主义者。

所以，如果老师并不是芥川大人穿越过来的，那么他就有点不太正常了，真是令人遗憾。好了，我也知道自己不太正常。而且他跟我最喜欢的芥川大人那么像，我就会不由自主地会放纵他，这点也让我很头疼。

我就是在炫耀？嗯，不……才不是炫耀呢，大概吧。这只是同情，你就当我是在同情他好了。说是同情，怎么又老是在说老师的事情？谁让我们一天二十四小时都待在一起呢？啊，不，才没有一起睡觉呢。

唉，话题跑远了。就算老师那么彻底地扮演着芥川大人，结果一买了电视，他就迅速恢复成现代人该有的模样。嗯，我对此挺感慨的，就像看到独角仙的幼虫变成蛹时一样兴奋。

看到老师的成长，我不禁认为，是我找到了让老师脱离芥川病的契机，使他终于能够变回现代人了。

最让我觉得有趣的是，最近经常能看到老师对着电视说话。这可真是值得一看哦，学姐，你要过来看看吗？

举个例子，每天早上不是都有占卜运势的节目吗？就是那个叫"今日运势"的节目。老师看到这个节目，就朝正介绍占卜的播报员喊道：

"我是三月出生的，双鱼座！我今天的运势怎么样啊？"

你瞧，是不是值得一看啊？

真是的，他一大早就坐在电视机前，身体前倾着对播报员说话，超可爱……啊，不，这挺可笑的吧？啊，可爱？我才没有说呢，学姐真是的，你都出现幻听了，就是幻听呀。

好了，总之拜此所赐，我也不必经常和老师打交道了，也不用老是一不小心就和他拌嘴了，真是万万岁。

啊，对了对了。对我帮助最大的就是"今日料理"这个节目。老师看过这个节目之后，就开始自己做饭了。嗯，就是日本放送协会放的那个节目。

"弥生，你的做饭水平很差劲。既然如此，还是由我来实践从'今日料理'中学到的东西比较好。平野雷米老师真的非常优秀，说话又流利，虽然我觉得他有时候的做法有些随意，却也挺喜欢的。"

他还一脸严肃地这么跟我说呢！啊，可爱？真的可爱吗……我完全不这么想啊。你说我觉得他可爱……你别乱理解啊，我才没这么想呢。

算了，不过就因为这样，最近我可轻松了。

其实，还不只是做饭。老师会一边做饭，一边抽时间看电视购物节目，然后买了不少方便的家用电器。

你知道这帮了我多少忙吗？

有了方便的家电，做起家务就更轻松了啊。老师可能是对机器很感兴趣吧，现在连洗衣服都要自己做了，最近我都不知道我为什么要做女佣了。我现在完全成了个一日三餐甚至饭后茶点都吃现成的食客了。

啊，你说我岂不是要被辞退了？关于这个嘛，老师似乎并不打算赶我出门，反而每次做好饭菜后，都会开开心心地端到我面前。

不不不，我都说了不是在炫耀！我声音听起来像是在笑？你在说什么呢？声音怎么会笑，我的声音听起来明明这么认真。

啊，不好意思，老师又在叫我了。

好的，我马上过去——

学姐，那就下次再聊了，拜拜。

3 文豪A时代错误的视角

"弥生，还没好吗？"

就算叫她过来，她还是得拖一会儿才来，这就是内海弥生让人头疼的地方。我努力控制自己不要生气，同时朝应该在二楼的弥生又叫了一声。

说起来，我最近开始下意识地叫她"弥生"了。以前我都是用不带名字的"喂"或是"那个谁"来称呼她，但自从开始看电视之后，我就改变了原有的态度。

电视上的男人对待女性的态度比我想象中的要绅士得多，连曾在英国留学过的漱石老师都没有那么绅士。

但如果这个世界的常识就是如此，我也必须重新审视自己的价值观。我必须留意，不要做出轻视女性的言行。

"有什么事吗？"

弥生终于走下楼来，如此问道。

"在那里坐下吧。"

不好，我应该说"请坐"才对。算了，现在不是说这个的时候。我之所以叫她过来，是因为有紧急的事情。

"有话要说的话，能请你先别看电视吗？"

"好了好了，你看这个。"

电视上正在报道田端车站附近的老年妇人被人抢走假发并烧掉的案件。

"我们采访了这位女性受害者。"新闻播报员一脸谨慎地说道。

接下来，画面的下方出现了"女性受害者"的标题。可是我完全无法分辨画面中的那个究竟是不是人类，因为上面有许多方形的马赛克，连声音听起来也非常奇怪。如此含混不清的声音，真的是人类发出来的吗？

"真的非常突然，一个穿女装的男人走了过来，从我身后扯掉了我的假发……然后用手上的芝宝打火机点燃。真是个疯子，他绝对是个疯子。"

"有目击到犯罪者的服装或者样貌吗？"

"我说了他穿着女装，穿着红色连衣裙，还留着满脸胡子！"

或许这样的男人对高龄妇女而言不常见吧。不过我最近经常看电视，知道这个世界上有许多男人爱男扮女装，化完妆也看不出是女人，便也不觉得怎么惊讶了。

这个世界千差万别，人们有着各种各样的爱好。既然有二十多岁的女子对芥川龙之介爱慕不已，那么我也应该用宽广的胸襟去看待这个世界。

最后，新闻播报员如此总结道：

"从上周起至今已经发生了三起同样的案件。警察认为作案者为同一人，目前已介入调查。"

如此奇怪的案件已经出现了三次之多，虽然这已经足够让我惊讶了，但还有另一件事情让我更加在意。

"这个受害的老太婆真的是人类吗？她浑身满是马赛克，简直看不出是个人……"

"这是用马赛克进行了画面处理！"

就算她说画面处理，我也不懂。不知该怎么说，我觉得那些方形的模糊物体正若无其事地在我脑子里走来走去。

"声音也很奇怪。"

"声音也加了马赛克……"

"声音加上马赛克？什么意思？"

"那个，解释起来会很麻烦，还是下次吧。"

都怪她这不清不楚的解释，搞得我满脑子都是马赛克了。这时，新闻换成了东京奥林匹克运动会的话题。好像是群众对新竞技场还有争论，而是否真要举办奥运会也还令人怀疑。

要在这样的小国举办奥运会还值得商榷，毕竟这就跟穷人家的孩子背着家长请朋友来家里开生日聚会没什么两样。如果要强行举办奥运会，于这个国家而言，必然会伴随着阵痛。

真是让人不忍继续看下去，于是我关掉了电视。既然已经让弥生看到刚才播放的新闻，就没必要继续开着电视了。

"那个，刚才的案件怎么了吗？"

弥生探出身子，脸上似乎在说："既然特地叫我下来，还让我看这个新闻，那么一定有什么意义。"

"为什么你什么想法都没有呢？在之前的'剪头发的老太婆'案件中，老太婆是加害方。而这次，老太婆则成了受害方，并且案发地点都是在田端车站附近。"

"请，请你等一下。都发生在田端车站附近这一点的确很巧合，可是光凭高龄女性就将两者联系在一起，我觉得有些牵强。还有，你前一个'老太婆'后一个'老太婆'，也让我觉得不太妥当。"

"事实上就是老太婆啊。"

"总，总之，就算都是'老太婆'，但我还是觉得你的推理太过杂乱了。"

"但是，案发现场如此相近只是巧合吗？也就是说，田端车站附近的老年人A用剪刀剪掉年轻女性的头发，而老年人B又被穿女装的男人烧掉了假发。隐藏在其中的共同项就是田端车站、老太婆以及头发。"

"所以，你觉得这几者有什么关联吗？"

"我并非此意。即使有十几个共同点，也不能说案件有关联。一切情况只有物证才有话语权。但我的确在这两者之间感受到了联系，这也是事实。一方是剪掉女人头发的老太婆，另一方则是被人夺走假发的老太婆。这两起案件真有可能没有任何联系吗？"

"头发和假发还是有区别的，而且一方的凶手是老年女性，另一方的凶手则是男性，这不摆明了吗？"

这个女人真是太蠢了。

"只看凶手的确如此，但我想说的不是这个，而是案件的本质。"

"本质？"

"正是，也罢。你就等着吧，案件还远远没有结束。"

没错，我知道案件还会继续。

并且，这个世界上恐怕只有我知道这一点。

我必须掌握每一起案件。就我所知，最初的导火索是"剪头发的老太婆"。在那几秒钟之后，地狱绘图就铺展开来，在现场还有一个浑身湿透的穿女装的男人。除开浑身湿透和手上拿着白色绒球这两点，他与"烧假发的男人"的特征一致。在那天发生的暴动背后，一定有什么伏笔。就算只是一群暴徒偶发性地制造暴动，事情发展至此也一定有一个过程，而现在我该做的就是逐步查清这个过程。

我再次打开电视并换了个频道，看起园艺节目来。最近最让我期待的就是这个园艺节目。我每次都能从这个节目学到引进植物的栽培方法，这些植物都是我活着的时候还没被引进的。要是有时间，我打算买点种子，到庭院里去试试。

"今天准备教大家种植郁金香的方法。"女主持人如此说道。

"哦，是那个引进品种啊！在家里也能种植吗？"

虽然我每次都会这样问她，可她从不曾回答过我一句话，看来隔着电视是无法交流的。

弥生看着我，"嘻嘻"地笑出声来。

最近，她在我身边变得更常笑了。我真希望可以一直守护她的笑容，但我能做到吗？

要是我在罗生门看到的幻影都只是虚假的就好了，直到现在，我都对那时候看到的场景感到半信半疑。也许袴垂向我展示的，只不过是海市蜃楼一般的东西。我在心里仍然有着如此渺茫的希望。

但在几天后，即告别七月份，迎来八月份第一个星期二的那一天，我终于认识到，事态依旧向着我所看到的幻影的方向不断发展。

因为那起新发生的案件使我更加确信，这三起案件之间确有所关联。

4 文豪A时代错误的视角

之后过了几天。那天我和往常一样，醒过来就拿了支金蝙蝠送到嘴边，但我马上又把香烟取下来，丢在一旁。这是因为我想起现在的金蝙蝠的焦油含量无法让我得到满足。我找烟酒店的主人商量了一下，在他的推荐之下，我准备试试和平牌香烟。这个牌子的焦油含量是二十二毫克，比我曾经爱吸的十六毫克的金蝙蝠还要多。

话又说回来，焦油含量也并不代表一切。香烟是艺术品，除开焦油含量，还要看尼古丁含量，以及烟叶熏的程度和卷的方式，乃至长度、过滤嘴的质感……香烟的美味是根据上述综合因素以及吸烟者的心情决定的。

那么，店家所说的和平牌香烟到底如何呢？我决定使用店家推荐的芝宝打火机点燃香烟。我还是第一次使用打火机，要是这样就能点燃火，那可比火柴要方便多了。

其实，在前不久的新闻报道中就出现了"芝宝打火机"，可我当时还不知道那是什么东西。于是我到烟酒店向店主打听，然后他就卖给我了。

我用打火机点燃香烟的前端，再深深吸了一口。第一口我就呛到了，我自己也搞不清楚这烟到底是好抽还是难抽，总之我呛得很难受。但我还是吸了第二口，这次倒是感到有种说不出的舒适感浸透全身。看来，这次总算是买对了。

接下来，我又用芝宝打火机打起火来。据说，那个满脸胡子的女装男人就是用芝宝打火机点燃老太婆的假发的。他的作案动机到底是什么呢？

"最近情况如何啊？"

又来了。不用转身看，我就知道袴垂又出现在我身后了。

"你就不能先敲敲门（注：芥川龙之介说的是外来语"knock"）吗？"

"敲门，那是什么东西？好吃吗？"

看来，要求这个人敲门，本就是件愚蠢的事情。我只好放弃，转过身与她面对面。

今天她的打扮格外暴露，让人不知道该把视线往哪里放。

"你就不能用什么东西遮一下你的身体吗？"

"嗯，我的身体怎么了吗？"袴垂毫不在意地说道，"那个叫弥生的女人，好像还活着啊。"

"嗯……"

"不久前，我调查了一下那个集体暴动案件发生的日期，你想知道吗？"

"你想说就说吧。"

"可我不能告诉你，这是规定。关于未来的事情，我不能告诉他人。"

"但你给我看了未来的场景。"

"只是给你看了看，但我不能用嘴巴说出来。我只能说，日子快到了。那个未来依然没有任何改变，正等待着你呢。也就是说，再过不久，弥生就会倒在血泊中了。"

我明白，她在故意用这种恶心人的说法挑衅我。我深深吸了一口烟，然后把烟雾吹到袴垂的脸上。

"哇，停下来！你干什么啊？"

袴垂咳嗽起来，眼泪都要流出来了。

"有几件事情我比较在意。用七巧板来形容的话，我现在的状态是找到了几块板子，却不知道怎么拼。"

我简要地将我在意的"剪头发的老太婆"和"烧假发的男人"的案件告诉了她。

"原来如此，他们都是那幅地狱绘图的出场人物。"

"没错，但是目前我仍然无法将这两起案件联系在一起，我找不到这两者的共同作案关系。"

"可不能小看偶然。"

"你说这是偶然？"

"知道蝴蝶效应吗？有些事情虽然乍一看没有任何联系，但实际上是有关联的。就好比，我之所以会出现在这里跟你交谈，就是因为你写过《罗生门》这本书。"

"我写的小说里可没有你。"

"但《今昔物语集》是铺垫。要说在《今昔物语集》里出现的盗贼，就只有我了。而这个世界上有个画师，一厢情愿地把你的《罗生门》中的出场角色进行了性别转换，根据这样的接受和供给，诞生了我这样的混合体。而接下来会发生的事情，也与你的作品问世有关。以后你会明白的。"

"你说我的作品？"

说起剪头发的老太婆，的确可能让人想起我的作品，但也仅此而已。毕竟，我的小说中可没出现过喜欢女装的男人。

裤垂继续说道："听好了，总之你要多加留心。接下来发生的事情，既可以说与你息息相关，也可以说毫无关联。要怎么想，得看你自己。而你的想法则攸关弥生的性命。"

裤垂留下这番好似预言的话，就消失无踪了。

我继续吸起和平牌香烟。

明明这烟的劲很足，我却毫不在意，只有肺里留下了沉重感。

我又想吸鸦片了。

但很可惜，这个世界似乎不容易找到鸦片，取而代之的则是四处蔓延的麻药或大麻之类的违法药品。无论是以前还是现在，世上都有许多光是活着就感到痛苦的人，所以他们才会寻求快乐。

不管怎样，现在已经是八月份了。

事到如今，我也不再去想死不死的事情了。毕竟我原本在七月就死了，而现在我已经跨越过命运了。

我灭掉香烟，拿起身旁的记事本，将我对"烧假发的男人"案件的疑点写在了上面——

●为什么男人要以假发为目标？

●为什么他要留着胡子穿女装，以如此抢眼的服装在光天化日之下犯罪？

●为什么他会不顾被抓捕的危险，当场烧掉假发？

之后，我稍微犹豫了一下，在最后加上这句话——

●为什么是田端？

最为棘手的是，这些"为什么"不一定有答案。我不禁叹了一口气。随后我来到客厅，面朝电视，向平野雷米老师学习新的料理。

5 松冈决定烧毁

"松冈，这些包裹就拜托了。"

"好的。"

这三年来，松冈一直在工厂打工，负责搬运包裹。

他大学毕业后，由于一时间找不到工作去向，就开始了打工。谁知道干着干着，就逐渐找不到辞掉兼职工作的时机了。

每天半夜他都会来到工厂，从一辆卡车上卸下报纸，又装入另一辆卡车。他不知道自己装的包裹会运到什么地方，他只知道从右往左地搬运重重的包裹。

这样的工作根本不需要意义。

就这样日复一日……某天，他拖着疲惫的身体回到家中，刚好看到他喜欢的偶像正在接受采访。

她说："只要穿上喜欢的衣服，就会觉得很开心。"

——要是我也有这样的兴趣爱好，会不会觉得日子好过一些呢？他心想。

但是，说起男人的服装，虽然已经比从前好多了，但设计还是很没意思。是因为缺少色彩吗？当然，这类服装有是有，但是在这个国家，只要男人穿上鲜艳的衣服，就会惹人闲言碎语。有时候他会想，要是自己是个意大利人就好了。

——要不试试穿女装吧。

在那不久之后，他开始有了这个想法。

松冈是喜欢女人的，而且在他迄今为止的人生之中，还从未有过穿女装的想法。只是，他一直对女人这种生物很感兴趣。

尤其对他最喜欢的偶像——尻谷美琴极感兴趣。

虽然她说穿时装可以让自己转换心情，可松冈没有想穿的时装。于是他想，假装自己就是尻谷，穿上她喜欢的时装，享受那样的感觉以转换心情不就好了吗？

这本是个奇怪的想法，只是一旦想到了，他就变得坐立不安了。于是，松冈当天就买了好几套女装回家。

根本不需要照镜子，他的外貌不可能像尻谷美琴。最重要的是他拥有和尻谷美琴相同的心情而已。

他穿上了连衣裙，只感觉衣服轻飘飘的，让人无法静下心来。但是，他在心里模仿尻谷的声音道：

"哇，好开心啊，这套衣服超可爱！"

当他在心里这么说的时候，不禁觉得兴致变得更高了。

他终于下定决心穿上女装走出门外，不过一开始还是会在意他人的眼光。他最讨厌的是老年人对他投来的轻蔑眼神。年轻人倒是好得多，可能是因为年轻人对奇装异服的人有更大的包容度。可老年人就不同了，他们绝不容忍异样的事物。

——怎么，你们觉得自己就算是正常人了吗？

——是吗？

——你们也只不过是装作正常地活着而已。

有一次，松冈在中餐厅里吃饭，听到了两个六十多岁的女人的谈话。

"最近是不是有很多怪人啊？比如来了很多外国人，这样下去，这个国家就会变得越来越奇怪了。"

——这和外国人有什么关系啊？

松冈心想，但还是没出声。

——你们怎么回事，想闭关锁国吗？

但那两个老年女人还是不停地发着牢骚。

"不男不女的年轻人也越来越多了不是？"

"那样的年轻人也真是让人困扰啊。既然是日本男儿，就应该好好穿衣服才行啊。说起这个，我想到了Egoxile（**注：模仿日本组合Exile。Exile的成员都很有阳刚之气**）的成员，他们都很有男子汉气概。"

"哎呀，你还知道Egoxile啊？你还真是年轻。"

"最近有个叫尻谷美琴的女孩子和他们一起演出。她呀，身子一个劲儿地往Egoxile成员身上靠。绝对是故意的吧？最近的年轻人真是的。不过我也能理解她的心情，要是我年轻个三十岁，也一定会像她那样。"

"你在说什么呢？哈哈哈哈……"

当松冈回过神的时候，发现自己把筷子都掰断了。

在那两个女人中，话比较多的那个人有着一头绿色卷发，明显是假发。就是在这时，松冈的心里涌出了憎恨之情。

——臭老太婆，别自以为是地解读美琴的行为啊。

——让这个国家变得糟糕的既不是穿得像女人一样的男人，也不是外国人，而是你们那些鹦鹉似的假发，还有你们那下贱的笑容吧？反正你们大白天的也只会看些综艺节目，综艺节目的评论家说什么，你们就鹦鹉学舌地学下来了，然后跟朋友见面互相吐槽，不就这回事吗？

——亏你敢戴这么显眼的假发，还不顾羞耻地大声说话。

那天晚上，松冈估计是在气头上，因此在开摩托去工作地点的途中，因为超速被警察拦了下来。

警察对他说："发泄压力也不能超速，要是有人死了怎么办？"

松冈回答：

"我会注意的。"

警察继续告诫他说：

"想发泄压力，就用不会伤人的方式吧。"

松冈点着头回答说：

"好的。"

之后，松冈重新坐上摩托，准备驶向工作地点。

就在这时，他仿佛得到了启发——

对啊，只要不伤到人就可以了。

第二天，松冈就去买了芝宝打火机。这种打火机的汽油充分地浸透到了海绵之中，非常好用。

6 内海弥生的视角

"吸烟有害健康，还是戒掉比较好。"我向老师提议道。

老师却说"反正人都要死"，继续津津有味地吸着香烟，将烟雾吐向窗外。真是拿他没办法。之前老师总是闷在家里吸烟，被我指出之后，他现在终于会打开窗户再吸烟了。

现在已经是八月份了，窗外吹来的风热得让人直冒汗。

"那至少看到我进来了，就灭掉烟吧。"

"为什么？"

"恕我直言，你知道二手烟（fukuryuen）吗？"

"fukuryuen？那是什么东西？听起来好像是个很厉害的庭院的名字。"

我就知道他一定想到了诸如"福龙园（fukuryuen）"之类的名字，误解也要有个限度啊，真是让人受不了。（注：二手烟的日语发音为fukuryuen，与"福龙园"同音。）

"你果然不知道二手烟啊。我们把从直接吸烟者处传到他人口鼻中的烟雾称作二手烟，而二手烟对身体极为有害。"

"对谁有害？"

"当然是我啊。"

唉，真是累人。

"也就是说，我吸的烟会对你的身体造成危害？"

"就是这样。"

"哼……你以为我会相信这种蠢话吗？你的想象力真是太丰富了，简直是异想天开。"

"蠢话，异想天开？你在说什么啊？"

老师"呼"地吐出一口烟。他今天抽的是和平牌香烟，真是稀奇。明明他前不久还一直执着于芥川大人非常喜爱的金蝙蝠牌香烟。

他总算打算结束扮演芥川龙之介的游戏了吗？

看到他慢悠悠地吸着香烟的样子，我不禁又想到，他简直和戴着那顶帽子的芥川龙之介一模一样。我感觉自己心跳加快了。

"不是蠢话又是什么？我的烟就是我的烟，就算会危害健康，也是危害我的健康。为什么我的烟会危害他人的健康？"

"所以我说那是二手烟。"

老师摇了摇头，仿佛在说我不可理喻。

我说，到底是谁不可理喻啊？

"就算别人再怎么说，我也不准备戒烟，因为我今天买下了这么棒的东西。"

老师说着，高高地举起一个东西。原来是芝宝打火机。

"这个又怎么了？"

"可别以为这只是个普通的小盒子。"

老师一脸得意地用芝宝打火机点燃火给我看。想必这又是哪个烟酒店的店主推荐给他的吧。

"好厉害啊……"

我随口这么说，当然只是奉承一下而已。没想到老师的表情一下子变得明亮起来，看起来非常开心。

真是的，他为什么这么可爱啊？

哎呀不好，我又在脑海里对他大肆称赞了。

自从我发现自己觉得老师可爱后，就对自己感到非常困惑。我对茶川老师的感情，并非对芥川大人的恋爱之情，而是另一种温暖的感情。或许这就是前段时间，学姐在电话里指出的"母性"吧。

"很厉害吧？"老师自豪地把芝宝打火机拿给我看，"其实，我一直都很不喜欢火柴，因为火柴太不容易点燃了。不过有了这个，我就不必烦恼了，可以尽情吸烟了。"

——在这之前你不也尽情地抽了许多烟了吗？

我心里这么暗暗想道。

"那就先不说二手烟了。但继续吸烟还是会让老师折寿的。"

"所以我才说，这根本无所谓。我希望死亡的时候不是被病痛带走，而是由自己决定。"接着，他的目光变得缥缈起来，"虽说，七月早已过去了。"

说起七月二十四日，是我心爱的芥川龙之介的忌日。我由于最近环境剧变，与老师一起生活，每天都手忙脚乱的，结果把每年都去扫墓的惯例忘得一干二净。

芥川大人，真是对不起。

"说什么由自己来决定死亡的人，其实都是懦夫。"

"你，你说什么？"

"虽然我非常喜欢芥川大人，但只有自杀这一点我怎么都无法接受。要是我是他的妻子阿文，绝对会把骨灰都扔到佛龛上。"

"你怎么这么没礼貌……"

——闭嘴吧，你这个芥川龙之介的冒牌货。

我在心里如此斥责道。

"你这个小姑娘，压根就不了解我（boku）的不安。"

他刚才说出的boku，是指木头人吗？

"我才不管扔下妻子，只知道寻死的人的不安呢。他有考虑过被他抛下的人们的不安吗？我认为，他根本就没有把伴侣当成与自己平等的人，所以才做出了那样的事情。"

我怒气冲冲地说道，而老师也丝毫不肯让步。

"平等？我（boku）可是一家之主！不管我想怎么做，都是我的自由……"

刚才的boku也是指木头人吗？不，老师果然依旧身患芥川病，到现在也自以为是芥川大人啊，真是可怜。

"在芥川大人所处的年代，我觉得这样也能接受，但是现在可没有人会接受这样的说辞。老师也不能随意对待自己的生命，所以我请你减少吸烟。"

我气鼓鼓地呼着气，用扇子把烟雾赶出窗外，老师则一脸不开心地打开了电视。

马上就要到下午四点了。在这个时间段，电视上通常只有电视剧的重播。老师不耐烦地一个劲儿地切换频道，最后还是选择了最无聊的新闻节目。

"今日凌晨发生了一起案件，一名四十多岁的男子于日本铁路田端车站前的道路上，被一名骑越野自行车戴太阳镜的陌生人从背后扔了一个水气球炸弹，弄得浑身是水。目前警察正在募集关于骑越野自行车的人物的目击信息。"

新闻播报员眉头紧皱，郑重地点了一下头。接着，画面就切换到现场，受害者的面部被打上了马赛克。

"我也不知道怎么回事，反正就是我正打算点烟的时候发生的。我想，那个人一定一直在等待时机吧。"

这时，新闻播报员插嘴道：

"说起来，北区已经施行全面禁止在路上吸烟的条例了。您不知道吗？"

"啊，是吗？我已经注意不在有禁烟标志的地方吸烟了……"

看来，全面禁止在路上吸烟的条例还没有深入到每一个居民心中。即使如此，近年来，在路上吸烟的人也已经少了许多。

洁净城市东京——对二○二○年的东京奥运会而言，这已经是必须完成的课题了。但是，日本的国民意识真能提高到这种程度吗？

就连在富士山都有人乱倒垃圾，更何况是其他地方。日本人对自己居住的城市以及本国文化的保护意识已经低到了谷底，我想这就是日本的国民性吧。

"你听到了吗？"

"嗯，总感觉是个荒唐的案件。"

"我不是指这个，你没有发现到其中的关联吗？"

"关联？"

"没错，就是前不久我说过的事情。专门针对年轻上班族女性的'剪头发的老太婆'，接着是专门找老太婆的'烧假发的男人'，这次又是专对吸烟者下手的'水气球炸弹狂'。"

他这么一说，我才反应过来。看来老师对这类案件有着异样敏锐的观察力。

"燃烧的行为与用水气球灭火的行为刚好相反。"

"没错。"

原来如此，的确正如前段时间老师曾说过的那样——你就等着吧，案件还远远没有结束。

这些案件，乍一看似乎毫无关联，但每一起案件都与之前的案件有着相反的地方，正好产生了关联。

"我把'剪头发的老太婆'和'烧假发的男人'的案件特征写在纸上给你看看吧。"

老师一说完，就拿出记事本，写下案件的对比关系。

罪行：剪头发/烧假发。

受害者：长发的年轻女性/无发的年老女性。

加害者：披头散发的老年女性（持有剪刀）/满面胡须的女装男性（持有打火机）。

年轻女性的头发与年老女性的假发这一对比项一看就明白了。而年老女性在"剪头发的老太婆"案件中是凶手那一方，这一特征也让人感觉这两个案件有关联。

接着，老师又把"烧假发的男人"和"水气球炸弹狂"两个案件进行比较，写到了记事本上。

罪行：烧假发/引爆水气球。

受害者：无发的年老女性/正准备吸烟的男性。

加害者：满面胡须的女装男性/戴有头盔和太阳镜的骑越野自行车的人。

这次，水与火这一对比项也很一目了然。并且，这次"水气球炸弹狂"案件受害者——"正准备吸烟的男性"也与之前"烧假发的男人"案件的凶手一样，持有打火机。

原本看似毫无关联的案件，如今却像佛珠一样串联起来了。

"也就是说，这些案件背后有什么人在操控吗？"

"现在还说不清楚。"

老师说完便随便往地板上一躺。他有时候会突然对正在做的事情失去兴致，像猫一样滚来滚去。

"搞不好真凶喜欢接龙游戏？"我试着说出自己能想到的最有可能的情况。

"把事情搞得这么大，真有人会觉得好玩吗？"

"这也得看人啊。"

在现代，不论怎样的犯罪都有可能。以犯罪为乐的人早已遍布大街小巷，数不胜数了。目前根本没有证据证明，这一连串案件不是出自这类人之手。

但老师歪着脑袋说：

"怎么会有这么闲的人？这样毫无意义。"

"为毫无意义的事情付出金钱、时间和精力，这就是现代人。"

"什么？想不到日本的国民竟变得如此无聊了。"

"还会在卡拉OK里消磨时间。"

"空桶里面？那样真的有意思吗？"（注："空桶"的日语发音与"卡拉OK"相近。）

唉，他又产生误解了……但我决定不要在意。

"或许在人们的生活还不富足的时候，这种以取乐为目的的犯罪不太常见。但一旦资本主义经济维持一定水平，就会出现一些吃饱了撑着没事干，通过犯罪找乐子的家伙。"

嗯，连我自己都觉得这个动机非常合理，我不禁对自己的推理心满意足。可是老师还是不肯罢休。

"既然因为太闲而导致这种为取乐而犯罪的行为横行，那么把人民的钱财都收走不就好了吗？"

"我觉得老师还是绝对不要成为政治家比较好。"

老师这蛮横的政治理论真是让人无语。

"鬼才当什么政治家呢！"老师嘴上这么说着，同时看向他自己写好的对比表，向我问道，"说起来，这个越野自行车（Cross Bike）是什么东西？"

"就是一种自行车，比一般的自行车更适合运动，移动性能也更好，而且更为轻便。据说，最近在市内有越来越多的上班族选择骑越野自行车上下班了。还有，说起头盔和太阳镜，我首先就想到了配送员（messenger）。他们骑越野自行车的身姿，可以说是都市的一道风景线。"

"messenja……是什么东西？是忍者的亲戚吗？"（注：忍者的日语发音为ninja。）

"不是messenja，是messenja-。"

"哦，原来有个长音啊。也就是说，和我前几天在电器商店里看到的电饭煲（jar）是同类了，对吧？"（注：messenger在日语中发音为messenja-，比messenja多一个长音；jar在日语中发音为ja-。）

"就算你一脸期待地这么看着我，我也只能说，不是。"

"原来不是啊。"

这个人怎么这么可爱啊？

"所谓配送员，就是指骑自行车派送包裹的人。"

"就是配送员吗？"

"嗯，差不多吧……"

"这样一来就说得通了。原来如此，也就是说，即使到了汽车制造技术如此发达的现代，依靠自行车的飞毛腿文化依然栖息于东京这个城市中啊。"

"嗯，骑自行车就不用担心交通拥堵了。而且据说配送员很适合在商业街派送各类合同资料。"

"唔，也就是说，在市内有不少配送员吗？"

"如果根据区域进行筛选，应该可以缩小范围……不过话说回来，凶手也不一定就是配送员，说不定人家只是骑自行车而已呢？"

最近也有不少年轻人单纯把骑车当作运动的一部分。说实在的，仅凭外貌很难区分这类人与配送员。

"配送员都不穿制服吗？"

"大多数都穿运动服，而这在一般的骑车人士中也很常见。"

"唔……这样一来，就无法马上找出谁是凶手了啊。但也可以说，在北区的田端周边骑自行车往来的人并不多，是吧？"

"嗯，如果只局限于田端的话，是这样没错。"

老师现在完全当自己是个侦探了。我从没想过，原来他还有当侦探的兴趣爱好，我原以为他每天只像少年沉迷游戏一样喜欢看电视而已。说不定老师从一开始就打算四处收集关于这一连串案件的信息。为什么他要这么执着呢？我真是搞不懂。

电视上，播报员正向一个叫尘野虎太郎的记者询问意见。最近，他积极呼吁大家认识日本文化的重要性，并凭借《让日本夺回曾经的荣耀》这本精神文化论的随笔小说而一跃成为畅销作家。虽然我每次在电视上看到他都会马上切换频道，但他确实有不少忠实的支持者。

尘野摘下彩色眼镜，用手举起，同时摩擦着颇具威严的白色鬓发说道："真是一起可悲可叹的案件啊，但也可以说是象征着这个时代的转折点的案件。"

播报员听到后，若有所思地点头问道："您的意思是？"

"就是我字面上所说的那样。我国正处于过渡期，我们应该趁这个时期，重新发现我们国家的美好和强大，还有我们每一个国民的坚强意志。从某种意义上说，我们必须成为龙虎一般的猛兽。在这个过程之中，我们会看到许多没有正确伦理观的人走上错误的道路，这也是没有办法的事情。"

播报员虽然点着头，却还是露出无法接受的表情道："可是，这个世界上并没有什么犯罪是无可奈何的吧？"

"没错，这起案件不值得原谅。但是，既然发生了，就说明它有必然性。"

播报员这次倒是发自真心似的沉重地点了点头。播报员的理解能力也就这点水平吗？我的理解与她完全不同。在我眼中，这个叫作尘野的男人是个极度危险的人物，他会根据自己的思想歪曲案件的本质。

我才不懂什么时代性。明明只是一起愚蠢的案件，却用时代去比喻，简直是胡扯。他真正想表达的是，现在我们国家的国民应该强化爱国心，持有像龙一样的坚韧精神。而当持有勇猛精神的时候，即使会出现这种案件，也是没有办法的事情。他一定是想这么说。

但我并不认为我们真的需要这种勇猛精神。虽然这只是单纯因为思考方式不同，可我还是感到非常不愉快。明明这类案件中有确定的受害人，他却不顾他人感受，只将这些当成他佐证自己论调的材料。

就在这时，播报员继续说：

"尘野先生，您对最近田端车站附近多次发生的，与此类似的路人作案案件怎么看？"

被问起话的尘野又摸着白色鬓发，将整个身体靠在椅背上，使得他本来就隆起的腹部变得更为突出。他用高高在上的姿态，又开始说起自己的观点：

"日本啊，一直都是个不管好坏都右倾的国家。不管什么事情，总是重视以和为贵的精神。所以啊，只要有人开始做些什么，也不是什么共时性，反正就会有更多人开始做类似的事情。我们国家就是如此不可思议。"

"原来如此，也就是说，案件之所以集中在田端车站周边，是因为某种集体心理作祟吗？"

"我可不敢肯定。但是可以想象一下，比如有个路人作案者制造了案件A。而另一个人看到之后可能会想'原来可以这样做啊，真有意思'，于是犯下了案件B。就这样，因为凑热闹和跟风，案件就会不断发生。不觉得这很有日本特色吗？"

"的确，正如您所说。"

"可能有些人会误会，其实我所说的右倾精神，也不完全是坏事。甚至可以说，在今后还能为传播日本的坚韧精神推波助澜。但我还是无法认可这次的情况。"

"果然还是无法认可啊。您认为这次情况的本质是什么呢？"

"虽说在真相大白之前不能擅做定论，但我想把这种负面精神引起的连锁现象称为'罗生门现象'。"

"罗生门现象吗？这又是什么意思呢？"

我也很在意这一点。居然在这种时候提出芥川龙之介的代表作，要是敢胡言乱语我可不饶你！作为芥川大人的粉丝，我很想这么说。

而且，由于是尘野这个可疑的家伙说的，我更加紧张。他最好给我注意措辞，说得合情合理一些为妙。

"我想，大家应该都知道芥川龙之介所著的《罗生门》吧。在那个故事中，一个仆人目睹了老太婆的作案现场，于是坚定了成为盗贼的决心。虽然老太婆是为了活下去，才选择了那种野蛮行径，却也为仆人提供了勇气。我想，最近多发的诸如路人作案、教师对学生的性暴力案件，乃至连锁自杀案件等也与罗生门的故事有着相似之处……"

还没等我听完他的话，老师就把电视关掉了。他的手微微颤抖，眼睛深处点燃了苍青色的怒火。

"无法原谅，这个人怎么回事？"

我也和老师同样感到非常不愉快，只是我还无法很好地说出，自己感到不快的根源是什么。毕竟，我还没能真正地理解芥川龙之介的"兽性"解放的意义。

而老师又为何会感到愤怒呢？

我发现，我对自己和老师心情相同这件事情感到十分安心。不是吧，这是什么情况？这份连带感……明明他只是假冒的芥川大人。

但是，但我回过神的时候，我已经问出口了："老师，你为什么要生气呢？"

要是老师的回答能够使我心中的迷雾散去，也许我就能将老师视为一个特别的人了。

7 文豪A时代错误的视角

"你真的不明白我愤怒的理由吗？"

我实在是对电视里那个长着胡子、一脸了不起的男人感到厌恶，于是又抽起香烟来。

弥生谨慎地再三思考，才说道："我能理解那个叫尘野的人为什么将这串案件命名为'罗生门现象'，只是他在现象的名字之前引用《罗生门》中的情节，我觉得并不合适，感到有些不舒服。"

"嗯……"

这个小姑娘果然很聪明，但还是太嫩了。我的愤怒，并非因为这模糊的动机。

但我还是不忍早早指出这点，毕竟她也在拼命思考。读者根本不可能领悟到作者的见解，这也是当然的。我不禁觉得，为如此理所当然的事情而抱有优越感的自己真是愚蠢。

焦油使得我的神经沉着下来，我变得冷静了一点。我觉得自己的愤怒也多少减退了，或许也有我觉得弥生的声音动听的缘故吧。

我指向自己关掉的电视问道："说起来，那个叫尘野的记者到底是什么人？"

"他最近很出名。因为他经常把各种事情跟国家精神联系在一起，所以我不太喜欢他。老师对刚才尘野所说的什么感到不满？"

"全让我不满。最让我不满的就是，他居然将这一连串荒唐的犯罪行为命名为'罗生门现象'。这让我太生气了。"

"关于这点我也深有同感。反正就是觉得很生气。再说了，那个人看起来就不像是会看芥川龙之介小说的人。还有，我压根不希望那种人去评判芥川大人。但是，只看事情本身的话，虽然很不甘心，就连续犯罪这个层面而言，他的确说到了点子上。"

"根本没有说到！"

"啊？"

我未经多想就抬高了音调。弥生可能在想"要是没有那么说就好了"吧。她耷拉着肩膀，噘嘴垂头的样子很可爱。不，现在不是说这种事情的时候。

"你到现在到底都学了些什么？"

——别这样！

另一个我如此说道。但我已经控制不住自己了。

"你曾说，你的大学毕业论文就是围绕《罗生门》而写的吧？"

"没错，是这样的。"

弥生还是噘着嘴，露出不满的表情。

"那么，《罗生门》里的仆人为何要抢走老太婆的衣服？他真的只是未经思考，就模仿老太婆的行为吗？还是说，为了活下去，那样做也是无可奈何的事？"

"我在毕业论文中是这样写的：虽然仆人觉得自己本身就拥有的兽性非常野蛮且丑陋，但在见过老太婆的行为之后，他也只能讽刺地接受'所谓生存下去就是这么一回事'。也就是说，在那时起，芥川大人就已经有了'为了活下去只能如此，但自己实在做不出那么丑陋的行为'的矛盾想法了……因此我才想，他或许就是因为这样才选择自杀的。只是，我现在已经觉得自己的推测不正确了。"

我也很清楚，我问了她一个过分勉强的问题。也许这个问题只有作者本人才知道答案。这个小姑娘的解读不也挺好的吗？甚至可以说，她的回答非常接近正确答案。但是我最后还是摇了摇头。

她说我是因为自己内心的纠葛才选择自杀的，只有这一点我绝对不能认同。

"在我（boku）的心里，其实早已有定论。"

我又说了"我（boku）"了，在说出口之后我才察觉不妙。算了，就寄希望于她会把这个boku理解为木头人吧。

"那么，他又为何会选择自杀呢？难道不是因为对兽性感到矛盾而选择死亡吗？"

"其实……"

并非如此。

的确，我曾因内心的矛盾感情而深感纠结。

但是，纠结真能成为死亡的动机吗？

我之所以选择自杀——

选择自杀——

嗯？

一瞬间，我愣了一下。我心中的死亡动机宛如白天的幽灵一样，逐渐变得透明，烟消云散了。

等一下。死亡啊，不要消失。是因为我抽烟才这样的吗？我慌忙把香烟掐灭，摁在烟灰缸里。

"这么说吧，芥川不应该死的。只要他不死，就能引导读者接近正确答案。也不会让那本书的名字被安到这种现象上面，使其名誉受损了。不是吗？"

我为了掩饰连自己也找不到正确答案，如此总结道。

"嗯……你是指，就芥川而言吗？"

"没错，就是芥川。"

"是啊，我也觉得，芥川的名誉受到了损害。"

关于她对兽性的解读有所误解这关键的一点，我还是没能给出正确答案。但是，我们在"就芥川而言，无法饶恕尘野"这一点上达成了一致。

我发现，我逐渐对与这个叫内海弥生的女人处于同一片思考的海洋之中这件事感到高兴。

思考就是海洋。

我早就明白，若只是孤身一人，有时会被大波大浪所淹没，小船也可能被分解为碎木块。

思考是孤独的。但在孤独的航海之中，若能偶然遇到同行者，并共同乘坐一叶扁舟，这种奇迹才是思考的幸福所在。

现在，弥生在我的眼中，就是这幸福的片鳞。

这只是我的幻想吗？

在这并非我真正存在的另一个世界中，我才找到了航海的同行者吗？

而这个人，很快就会死去——

"不过，那个叫尘野的家伙说的也不无道理。的确，负面的连锁案件今后大概也会继续下去。正如他所说的那样，这一点与日本的右倾精神也大有关联。"

"那么，还会发生更糟糕的事情吗？"

"只要不切除源头，应该还会继续下去吧。也就是说，要解开'剪头发的老太婆'这道谜题。"

我说完，就点燃芝宝打火机，朝刘海靠过去了。我也不知道自己为什么会做出这样的事情。至于接下来会听到尖叫声什么的，自然不用多说了。

8 诚（Makoto）就是想泼水

吸烟的男人真是最差劲了——诚从小就被灌输这样的思想。

诚的父母在他五岁的时候就离婚了，他的父亲每年只会带他出去吃一顿饭，除此之外就与他没有什么来往了。

在不得不陪父亲一起度过的时间里，诚总是感到非常郁闷，因为他的父亲是一名重度吸烟者。即使在诚的面前，他的父亲也会若无其事地吸烟。而等他们吃完饭走出店外的时候，他的父亲又总是会被等在店外的母亲大发雷霆。

"你又在他的面前吸烟了，是吧？我最讨厌你这种不顾他人感受的行为了！你要我说多少次才能明白啊？"

结果他的父亲却不为所动，只是耸耸肩膀就扬长而去了。

"你绝对不可以变成那样的大人。"他的母亲总是对他这么说。

对诚而言，他虽然很讨厌父亲身上的烟味，但是另一方面又很想和父亲说话。可是，每次他都没办法把这个想法告诉给母亲。为了抚慰母亲，他只能假装同意，还会为了取悦母亲说："不用担心，我最讨厌爸爸的味道了。"

就这样，他的父亲再婚了，还有了一个孩子。之后诚连一年一次的见面机会也没有了。每一天，诚都觉得自己的内心灌满了黑色的铅液，让自己无法动弹。他甚至假装生病，连学都不想去上了。

他在家里抱着自己的膝盖，念咒似的重复："像那种浑身烟味的男人，我才不想见呢。"

之后，诚对母亲说，他不想再见到父亲，拒绝和父亲见面。母亲似乎察觉到了什么，却也不多过问，反而看起来还很开心。

诚一直假装不想与父亲见面，不知不觉就坚信这才是他真正的想法了。

在那之后不久，诚变得不受所有女人喜欢就誓不罢休。他这样做其实是为了报复父亲。他要让他父亲可能喜欢的女人都喜欢上自己，要从父亲那里抢走这个世界上的所有女人——这成了诚的目标。

长大之后的诚，拼命试图得到所有女人。

有时候向女人搭讪非常顺利，当然有时候也会不顺利。但不管怎样，诚的内心都无法得到满足。虽然他喜欢和女人一起睡觉，但他内心的空洞却从未被填满。

一年前，他发现了自己内心里的暴力冲动。他从未想过，自己的内心竟也有如此暴力的一面，为此他感到非常震惊。

有一次，他在工作的休息时间走进了田端车站前的麦可当劳。明明是禁烟区，却有个男性顾客在那里吸烟。那个客人不顾店员的提醒，还是坐在座位上继续吸烟。这时，一个路过的上班族男子朝那个客人身上泼了一杯水。

结果那个客人只是抱怨了一句"你做什么啊"，就灰溜溜地逃走了。接下来，店里的其他客人都为这个上班族鼓起了掌。

诚看到留在现场，被水浇灭而显得可怜巴巴的烟头，对此感到非常痛快。在他的脑海之中，又出现了父亲吸过的烟。

——就是这个，我想要的就是这个。

——我也想浇灭父亲的烟，我一直想再见父亲一面，朝他泼水。父亲可能会很吃惊吧？搞不好还会生气呢。但如果我不这么做，父亲一定根本不会知道我在想什么，也不会对我产生兴趣。

父亲在与诚见面的时候，也会不停地吸烟，就算还有一只手空着，也不会去抚摸诚的头。

——我想对那些吸烟的男人泼水，以此惩戒他们。比起从他们身边抢走女人这种荒唐的手段，这个方法更能直接地惩戒他们。

从那之后，每当他走在路上，都会在身上揣一个水气球炸弹。但他总是缺乏勇气，不敢把水气球扔在别人身上。

诚住在一栋公寓里面，他的邻居是个公务员。邻居和诚大不一样，是个五好青年。诚告诉邻居，麦可当劳那起事件让他觉得非常痛快，结果邻居面无表情地说："那样的行为是在犯罪。"

"什么犯罪啊？那个上班族又没有伤害到谁。"

"但就是犯罪，何况还有目击者，那个上班族也被受害人看到了容貌，随时都可能被警察抓捕。他之所以没有成为犯罪者，只是因为你们都没去检举他而已。"

"话是这么说……"

就在这时，诚注意到了——只要不被发现不就好了吗？

只要戴上头盔，不被人看到，而且能随时迅速逃脱就好。

从那天起，诚便考虑换一个工作。

之后，他开始在田端车站附近寻找一个使用越野自行车的工作。

1 内海弥生的电话粥

学姐，你听我说啊！

这次我真的觉得不可原谅。

你问原谅什么？我当然是说老师了啊，就是芥川龙之介。

啊？哦，学姐接下来要吃晚饭了啊。那还可以继续打电话吗？啊，太好了。我还以为会打扰到你呢……我今晚吃什么？学姐啊，你问这个有意义吗？不不，这怎么可能成为你的参考嘛。我们今晚吃火锅。

明明是盛夏却要吃火锅，一定会觉得很热吧？

没错，非常热！

你问是谁做饭？这还用说吗？最近一直都是老师在做饭。

"这也是平野雷米老师的菜谱吗？"

我这样一问，老师就板着脸，只回答说是什么"香香味增锅"。哎呀，这不摆明就是平野雷米老师的食谱吗？

看见一个长得和芥川大人一模一样的人缠着头巾，从各种意义上都颇具冲击性。啊？学姐居然问是什么冲击性，难道你不知道吗？你想想，希望憧憬的文豪穿上各种各样的服装，所有人都至少有过一次这样的想法吧？比如说，刮干净胡子的夏目漱石啊，打扮成俱乐部DJ模样的朔太郎之类的……你从未想过？这样吗……毕竟我从学生时代起，就成天满脑子都是这种想法了。

我幻想过最多的文豪，当然就是芥川大人了。所以说我才受不了啊。你想想看，他头上缠着头巾，用小碗装上汤汁，递给我说"尝尝看吧，很好吃的"，这样子叫人怎么受得了……

啊，你说我在炫耀？我都说没有了！刚，刚才的才不是这样呢，就是那个，呃，对了对了，我只是觉得长得像芥川大人的人缠上头巾的样子很可爱，绝不是觉得老师很可爱。你误会了。

于是我就按照老师说的尝了一口，结果好吃得不得了！于是我把心中的想法告诉了他。

结果他说："是吧？雷米老师真是天才！"

很好笑吧？我要笑死了。而且他还是缠着头巾这么说的，所以我都分不清楚他到底是帅气还是可爱了……不，我只是在说他的外表。你说我不是在说外表，而是在说内在？好，好了，这样不也挺好吗？

哎呀，大热天的吃什么火锅嘛，弄得我浑身是汗，还好电风扇吹起来很凉爽。说起来，只有我一个人汗流浃背的，老师却一脸凉快地吃着火锅。我不禁吃惊得眼睛都瞪圆了，这家伙不会流汗吗？你说我观察他观察得很仔细？那当然会了呀，毕竟我们每天晚上都要一起吃饭啊，当然会观察了。

接着，吃饭的时候，我们又谈起那一连串案件。

就是"剪头发的老太婆""烧假发的男人""水气球炸弹狂"这三起案件。虽然它们看似毫无关联，实际上却是连环案件。这就是老师到现在为止一贯的主张。

老师还认为，在此基础上，应该首先把注意点放在"剪头发的老太婆"这起案件上面。

"就是回到出发点的意思，对吧？"

"正是。"

"唔，也就是所谓的'凶手总会回到现场'，是吧？"

"稍微有点不同……"

"咳咳……好，好吧，总之我也赞成。与其考虑得太过复杂，不如以'剪头发的老太婆'为参考，或许这样才能够少走弯路。"

就像这样，我和老师的意见暂且达成了一致。而且，既然这起案件的凶手是高龄女性，那么肯定比其他案件的凶手更容易抓获。

老师看到我如此赞同，不禁心情大好。他停下吃火锅的筷子，拿出记事本来。

"那么，就再确认一下吧。关于'剪头发的老太婆'案件，共有两个注意点。"

接着，老师将这两个注意点写在了记事本上。

●为什么老太婆要不断地剪女人的头发？

●为什么任何人都抓不到老太婆？

我要继续说接下来的剧情发展了。

"我们一起来思考一下，为什么任何人都抓不到老太婆呢？我在男人里面算是跑得比较快的，对于这点我还是有自信的。在那时候，我也一瞬间就反应过来，去追那个老太婆了。结果，我却没能追上。你不觉得奇怪吗？虽然那时是白天，人比较多，但也没有到非常混乱的程度。只要仔细观察，应该还是能找到的，可我还是追丢了老太婆。事到如今，我依然对这件事无法接受，但也想到了一种可能性。"

"是什么可能性呢？"

"换装。"

"换装？"

"假设老太婆在犯罪之后立马换了一身衣服，使得她看起来不像一个老太婆，那样的话我就没办法找到她了。你不这样想吗？"

"原来如此，的确是这样！老师真聪明！"

"就算你奉承我，也得不到好处。"

你说我的马屁拍得太响了？不，你想啊，看到他缠着头巾说话的样子，我对他的态度也情不自禁地比平时要放纵一些。谁让我就是喜欢嘛，而且他还穿着和服。身穿和服的男人缠着头巾什么的，简直是太棒了！

老师得意地拿出一支烟，用刚学会使用的芝宝打火机点燃。当然，那时候是开着窗户的。

"可是，既然还没有抓获到凶手，猜测依旧只是猜测。"

"没错，继续维持现状也无济于事。不过，我有一个妙计。"

"妙计，什么妙计啊？我好在意啊。"

我用扇子将烟雾赶到窗外去，才继续伸手夹菜。根据雷米老师的菜谱做的火锅真的会让人上瘾。

"这个嘛……"老师说到这里就停下了，不知为何还盯着我看。这样一来，我不由得产生了一种不太妙的预感。而接下来的一瞬间，这糟糕的预感就被证实了。

你猜他说什么？没错，这就是我今天打电话过来的原因。真是不可原谅，他简直不是人……

"由你来成为诱饵。"

他居然这么说！你敢相信吗？

"你，你说什么？"

唉，我听到这个，吓得把口中还在嚼的白菜一口气都吞了下去，还差点呛得窒息。于是我慌忙找水喝，才总算活了下来。谢谢关心，复活节？过什么复活节啊！

我一开始还以为他是在开玩笑呢。结果，老师把香烟放在烟灰缸的边缘，朝我跪下了！

"拜托了，求求你去当诱饵吧。这也是为了我（boku）……不……为了芥川龙之介的作品不被玷污。只要你肯尽力，就能够守护芥川龙之介的名誉了。"

一听到芥川大人的名字，我就会心软……就是嘛，谁让芥川大人是我的弱点呢？他这样好狡猾，明知道我喜欢芥川大人，还用跟芥川大人一模一样的脸来求我。

"你，你是认真的吗？"

"真的，相信我吧！"

就算是我，也觉得不能接受啊。我还是很舍不得我的长发的。感到意外？是吗？但要是换成是学姐，你又会怎么做呢？要是头发突然被人默不作声地剪掉，你也会觉得不能接受吧？

所以我就这样回答：

"就算你这么说……说起来，诱饵是指'剪头发的老太婆'案件的诱饵吧？也就是说，头发会被剪掉吗？"

我如此问道，同时期待这只是我想多了。我希望他能对我说："我怎么可能置你于危险之中呢？"然而……

"当然，没关系的，我会在你的头发被剪掉之前就抓住她！"

就凭这种口头约定，谁会就这样轻易地成为诱饵啊？你不觉得他说这话很过分吗？啊，学姐怎么又在笑啊？好过分！学姐也好过分！就算你道歉我也不原谅你。你知不知道我现在有多烦啊？啊，你问我是怎么回答的？我当然回答不愿意啊。

"你怎么能保证能赶上啊？要是老师来晚了哪怕一步，我的头发就不保了啊！"

老师用手轻抚下巴，沉默地想了一会儿。换作我也肯定会保持沉默。我希望他赶紧收回刚才说的话。结果！结果他想了半天，居然说"我会尽可能快点赶到"！憋了半天，就憋出这么句话来！真是让人气不打一处来！你能明白吗？

"尽可能是什么意思啊？"

"我绝对会赶到。"

"我无法信任你，刚才你还说'尽可能'。"

结果，可能听到我这么说，老师恼羞成怒了吧。于是他一改之前的谦卑态度，露出破绽来了。

他盘腿而坐，又把和平牌香烟叼在嘴里，吐出白色的烟雾，同时如此说道："不过就是头发而已，被剪掉了也不痛不痒吧？被剪掉了反而轻松，不是吗？"

——这是什么话！哦，这样啊。原来这才是你的真实想法啊，我就知道是这样。我还以为你最近总算是变得有点好人的样子了，原来这只不过是我一厢情愿的愚蠢想法。我差点就忘记，你原来是个最差劲、最坏的人渣！

这些话我有没有说出口？不，我没说出口，只是想想而已。

实际上，我假装平静地回了句："我觉得，你所说的话缺少对少女的体贴（delicacy）。"

结果他却说："熟食店（delicatessen）怎么了？"真是莫名其妙，麻烦死了。

"我是说体贴（注："体贴"与"熟食店"是外来语，日语发音相近）。总之，我非常珍惜自己的头发，所以我拒绝。"

就算是我这样的女人，也还是会舍不得头发，虽说我在高中的时候还是短发来着。

你问我是从什么时候开始留长发的？是在进入大学之后。我留长发的契机，就是……嗯，那个长得很像芥川大人的男朋友七斗，是他建议我留长头发的。

"我觉得你一定很适合长发，要是你留长发，一定很好看。"

　　我就这样上当了，那时的我还是个很重视外表的笨蛋。我那时候压根不会思考，只以为是芥川大人降临在了自己面前，感到雀跃不已。

　　其实，在我留长头发之后，七斗也多次夸奖过我的长发。

　　即使和七斗分手以后，我也觉得我作为女人的自信来源于自己的长发。我高中上的是女子高中，而且又是个芥川宅女，根本没有人会把我当成女人对待。所以，我才会将第一次和男人交往的记忆，与作为女人的自我价值联系在一起。

　　总之，我是考虑到了这些事情，才不想被剪掉头发。结果老师却说："你怎么摆出这么副不情愿的表情，你就那么珍惜你的头发吗？"我则回答说："当然珍惜啊。"

　　我并不是对七斗余情未了，你别误解啊。只是在我的心里，还是认为头发是非常重要的。

　　结果，老师听了我的话，不仅不感到同情，反而还发起火来。你不觉得他很差劲吗？明明香烟还有大半截没抽完，他就直接灭掉扔烟灰缸里了……把气撒在东西上的男人，不都很差劲吗？

　　可是，接下来他说的话，却让我张大嘴巴，好一阵子都合不上。

　　"那就只好由我来做了。"

　　他居然这么说。于是我不禁问道："什么，你刚才说什么？"这也是理所当然的疑问啊。

　　"我说我来成为诱饵。"老师闭着眼睛板起脸如此说道。

　　"这，这是怎么回事啊……可是，那个老太婆专门针对女性上班族……"

　　既然要成为诱饵，如果不能引诱到凶手的话，还有什么意义呢？老师怎么能成为诱饵嘛。结果他说："也就女扮男装而已，又不是不能做。"

我就说："哪有女生的脸这么长啊？"

你别笑啊，啊不，笑也可以，毕竟我也笑了。嗯，他真是的。

老师长得很像芥川大人，所以也是个大长脸。据说，芥川大人虽然是个帅哥，但他经常介怀自己脸长。

果然老师也对脸长这件事很在意吧，一听到我这么说，就马上露出臭脸。啊，你说他会不开心也是理所当然？会吗？我觉得我说他脸长是在夸奖他啊，只是穿女人衣服可能不太合适而已。结果，他就一直气鼓鼓的……

"这也实属无奈之举，坏就坏在你不肯。既然我决定要做，就顾不得羞耻，只好打起精神来，精心准备化妆和服装了。"

你听听他这土气十足的话，觉得如何？啊，觉得我每天都很开心？才没有那么悠闲呢。我可是很辛苦的，你知道吗？

"也好，反正我也不想当诱饵，老师肯代替我当诱饵我很开心，只是不太明白你到底在说什么……"

冷静下来一想，你不觉得他的计划十分荒诞吗？啊，就算不冷静地想，也会觉得荒诞？嗯，也是。老师突然就来劲了，搞不好他只是正在气头上才这么说的吧，他还说什么："总之，只能一条路走到底了。"

话说到这个地步，老师肯定不会听别人的劝了，他就是这样的人。他还说要借我的衣服穿，让我把所有衣服都拿给他看。

我没办法，只好带他去我房间，开始挑衣服。嗯，就是我刚才说的那样。在大热天的晚上，为男人挑衣服。不觉得这种事情很奇怪吗？

"这个像红色眼镜一样的东西是什么？"听到老师这么说，我心想他拿着什么啊……一看才发现他擅自打开了我放内衣的柜子。

"啊，你别擅自打开啊！那是内衣（brassiere）！"

"brassiere啊……那这个是用来穿在什么地方的？"

"就，就，就是胸部啊。"

我觉得我当时肯定脸红得都要喷出火来了。谁能想到，我有一天会对一个男人解释胸罩的功能呢？

他听到之后还问我："你……真的需要吗？"

我回答："干脆杀了你好了。"这也是理所当然的反应啊。

"你啊……明明是个女孩子，却说出这种粗鲁的话。"

总之，他的说法做法都太守旧了。

于是我无视老师，一个人挑起衣服来。就算男人穿上女人的衣服，也会因为骨骼粗壮而露馅。穿上就知道，并没有那么多穿起来会显得自然的衣服。总之，只能慎重地好好挑选了……

我挑啊挑，突然想到，黑色连衣裙的话应该能行。因为黑色会给人一种看到神圣事物的心理错觉。

虽然还是无法掩饰骨骼，但我觉得至少黑色的衣服比其他任何衣服更能让人感觉自然。

"就穿黑色连衣裙吧。"

"会不会太不起眼了？"

"没问题，我会帮你化妆，把你打扮得花枝招展的。"

嗯，今天的对话就到此结束了。

唉，真是累死人了……不过不用成为诱饵真是太好了，话虽如此，我还是真心觉得没办法和他继续在一起了。

啊，我们还没在一起？我不是那个意思。

哦……你居然问我考不考虑让他当男朋友？才不要呢，他就像个小孩子一样，需要人照顾。你说男人不都跟小孩子一样？才，才没有呢。一定会有既成熟又讲究的王子出现的！

啊，你说芥川大人就不是既成熟又讲究的人？嗯，问题就在这里……啊，今天说了好久。下次再给你打电话吧，晚安。

2 文豪A时代错误的视角

第二天我就因为化妆的事情手忙脚乱了好一阵子。弥生在我的脸上涂了不少叫作"底妆"的东西，她就像在煎饼上倒酱油一样精心为我打扮。要是用太少这个叫"底妆"的东西，就会与叫"粉底"的东西不相称，给人一种浓妆艳抹的感觉。看来，与大正时期相比，现代的化妆呈现出更为复杂离奇的趋势。

画完口红之后，弥生才总算满意了。

"嗯，你已经变得漂漂亮亮的了，虽然脸还是很长。"

"你就不用刻意强调了。"可恶，就知道刺激别人的痛处。

接着，她把薄布放进胸带——现代被人们称为内衣了——的衬垫里，然后扣好。镜子里的我什么衣服也没穿，只有脸上化了妆，还只戴了个胸带，看起来怪怪的。但是，或许这只是我还不习惯化妆的缘故吧。

"莫非我现在的样子看起来十分像个变态？"

"回答正确。而且根本不需要什么莫非不莫非，就是个变态。"

"果然……我就知道会这样。"

"请举起双手。"

我听从弥生的安排，穿上了黑色连衣裙。之后弥生也拼命给我化妆，终于使只是穿着女装的长脸男人的样貌逐渐变得女性化了，真是太神奇了。最后，她让我戴上长长的黑色假发，这样总算完成了。

"这不是挺漂亮的嘛。"

我看着手镜里的自己，不禁觉得，就算世上真有一个这样的女人，也挺正常的。

"请你小心，千万别形成癖好了。"

我盯着镜子看了一会儿，忽然站起身来。

"咳咳，那么事不宜迟，我就去当诱饵，进行调查了。"

"请，请加油……"

估计不是我多心，弥生看起来有些困惑。我朝玄关走去，同时想起有一件事必须吩咐弥生。

"对了，接下来你绝对不要出门。"

"啊？我，我，我不能出门吗？"

"不可以，你要老老实实地待在家里。"

我尖着嗓子说完，就用内八的走法走向玄关。

然而实际上，我的行动伴随着巨大的风险。因为，我们在这时完全忘记了一个事实——那个"烧假发的男人"就是一个喜欢穿女装的男人，而警察们正在四处留意穿女装的男人。

3 文豪A时代错误的视角

弥生跟着我来到玄关前，向我确认了好几次是否真的不能出门。而我一直用"说不行就是不行"来回绝，最后她只得沮丧地表示知道了。

她只要不出家门，就不会遭遇什么案件。一开始我的确打算让弥生成为诱饵。要是能早早抓到凶手，阻止那幅地狱绘图出现倒还好，但我越想越觉得那个计划危险，还是换一个方法比较好。

最近，我每晚做梦都会梦到那幅地狱绘图。我过去曾受齿轮所扰，现在倒是这些梦境更使我害怕。尽管只是小小的恶意，却会在某个瞬间，如同水达到沸点一般，爆发出那仿佛地狱绘图般的暴动。而结果就是弥生将倒在血泊之中。

虽然我曾觉得人的一生比地狱更像地狱，还是早早结束比较好，但自从每晚都梦到那样的场景之后，我的想法就改变了。至少，人不应该那样死去。所以，我绝对要阻止那幅地狱绘图出现。

只要弥生不出门，我在这期间抓到"剪头发的老太婆"，就万事大吉了。

我在前往田端车站的路上走了一阵，就在我忘记禁止在路上吸烟的条例，准备从怀里拿出香烟的时候，突然我的视线被什么东西遮挡住了。

原来是袴垂。

穿着破布一样的衣服出现在光天化日之下，想必这个世界的行人也会觉得她很奇怪吧。

"呃，你这什么打扮啊……"

袴垂极其失礼地看着我的脸，说不出话。明明她自己穿着这么破烂的衣服，连丰满的身体都挡不住，还有脸说我？

"别一个劲地盯着看啊，我这样有什么不妥吗？"

"你，你该不会要自己做诱饵去调查吧？"

倒是挺机灵的嘛，不愧是当过盗贼的人。

"你猜对了。"

袴垂抱着肚子笑出声来。嘲笑他人的血汗辛劳，这正是盗贼的所为——简直不是人。

"想笑就随你笑吧。"

"抱歉抱歉。不过，还真是令人感动啊，你就这么不想她死吗？"

"看到那样的死法，换谁都想去阻止吧？"

"可这关你什么事呢？你不是早就死了吗？"

"你说什么？不是你让我转生，所以我现在还活得好好的吗？"

"啊，是啊，对。"袴垂笑着敷衍过去，"我搞懂了一件事，正准备告诉你呢。"

"可别说什么你发现我其实是个天才什么的，关于这点我早就知道了。"

"啊，不是这个，而是这些案件果然是由你引起的。"

"你说是《罗生门》的错？连一个莫名其妙的记者都引用我的作品，说这些案件是'罗生门现象'，真是让人头痛。"

听我这么一说，袴垂却摇了摇头："不，不是这个意思。"

"那是什么意思？"

"引发这每一起案件的，并非你的作品，而是你自己。"

"你怎么敢这样说？"

"那是因为我看到了每一起案件是怎么发生的，毕竟我能看到各种各样的事情。只要待在罗生门的城楼里，我就能看到许多不同的场景。在那个地方不存在任何限制，包括时间、地点，各种场景会五花八门地涌入罗生门。就像你最近看的电视那样，我只需要选择我想看的频道就行了。而我为了你，就在罗生门查看了那些案件的各种情况。于是我得到了结果，这些案件就是你的案件，错的也是你。若这一切罪行的根源有真凶，那就是你。"

我是这一连串罪行的凶手？

这个盗贼在说什么胡话呢。

"喂，你在开什么玩笑，小心我……"

"倒是你现在的打扮更像在开玩笑。我可是很认真的，不会骗你。你还是别管这些事情了，那个女人会怎样，又关你什么事呢？"

"我做不到，我已经牵扯进来了。你看，我都为了她化妆了。"

袴垂又笑了出来，接着叹了一口气："总之，我已经给过你忠告了，之后你就自己决定吧。"

说完，袴垂又不知所踪了。可恶的袴垂，居然留下如此不祥的忠告。

可是，她到底是什么意思呢？

"这些案件就是你的案件，错的也是你。若这一切罪行的根源有真凶，那就是你。"

怎会有如此荒唐的事情，我堂堂芥川龙之介竟然会成为真凶？明明我如此拼命地追查着真凶。

她到底看到了什么？

总之，我已经被牵扯进来了，而且还会成为主犯——就算我有不少缺点，也绝不可能会有这种事情。

我对袴垂所说的话不以为然，接着又下意识地用内八字朝车站走去。

我听见大合唱一般的蝉鸣声，这个声音让我找回了同阿文与孩子们一起生活时的感觉。我们一家人一起出游的时候，就听过这样的蝉鸣声，而地点正是田端。

我握着儿子的手，就像现在这样走在路上，只是那时候我没有穿女装。

时光不会倒流，永远不会重来……

所以，我要为了不失去现在拥有的东西前进。

4 内海弥生略带狂热的观察

虽然老师告诉我千万要待在家里，可是我现在越来越担心，老师能不能躲开警察的盘问，平安无事地回家。

于是我决定不听他的叮嘱，出去看看。以防万一，我还戴上了太阳镜，避免被老师发现。

今天的阳光比平时更加猛烈。为什么夏天总是会如此受太阳摆布呢？还有那些蝉，也好像在拍太阳的马屁似的叫个不停，让人觉得更热了。

老师也是，要是我让他穿更凉快点的衣服就好了。我现在穿着吊带背心，而老师穿着黑色连衣裙，还是长袖的。我本应该考虑一下季节因素，可是换成短袖的话，就不得不把他手臂上的汗毛也剃掉了。我们没有那么充裕的时间，所以也没办法。

他的女装打扮到底能撑到什么时候呢？

对此进行确认，也是身为女佣的职责——我作为模范女佣，一边给自己找理由，一边朝车站走去。我早就知道老师要充当诱饵进行调查的地点了。

话又说回来，为什么犯罪行为总是发生在田端车站前？最简单的理由就是，凶手们都住在田端车站周边，这是最理所当然的想法之一。可这样的话，住在田端车站附近的人们为什么会偶然想到去同一个地方作案呢？这一点也让我十分在意。

这其中是否有什么理由呢？

我边走边想，不知不觉就来到了车站前。田端车站是一个不显眼的车站。说起山手线，人们恐怕要到最后才会想起还有个田端车站吧。虽然我因为芥川龙之介和室生犀星曾居住在这里，所以记得这里，但一般人可能不会注意这里吧。

如此不显眼的地方，多次发生了不显眼的小案件。

对了，"罗生门现象"这样的命名方式，搞不好也是考虑到这里是与芥川大人有缘的地方。如果是这样，那性质就更加恶劣了。

如果犯罪行为继续发展下去，人们就会把"罗生门现象"识别成"罗生门案件"了。作为一个喜爱芥川大人的人，我无法接受。

一来到车站前，我就躲在十字路口前面的田端飞鸟乐塔（**注：模仿田端飞鸟塔**）一层的大柱子后面，观察起红绿灯前麦可当劳门口的情况。那里站着一个用头发很好地掩饰了大长脸的高个子女人。正是老师。

仔细一看，我才发现他的脚上还穿着木屐，不过似乎还没被周围的人发现。接下来，会是"剪头发的老太婆"先盯上老师，还是……我刚这么想，就发生了我害怕的情况——警察过来例行询问了。

"哎哎哎，打扰一下，那边那位。"警察向老师搭话道。

我只能听到这句话，没办法，只好再靠近一点偷听。于是我来到十字路口的红绿灯前。由于这里的行人不算很多，所以即使有一点距离，我还是能够大致听到他们的对话。

说起穿女装的男人，从整个东京来看其实并不稀奇，现在世界本来就在追求性别平等。即使如此，只要穿上女装还是会被人们觉得是可疑人物。

我一边思考这些，一边从老师的背后观察情况。

这时，警察如此说道："请不要觉得是我在针对你。最近发生了好几次穿女装的男人抢夺老婆婆的假发并且烧掉的案件，这你应该知道吧？所以我才会对穿女装的人进行例行询问。"

没错，因为那起案件的凶手就是个喜欢穿女装的家伙。

虽然老师为了引诱"剪头发的老太婆"出洞穿上了女装，但仔细一想，这样就会与"烧假发的男人"的特征重合了。

要说有什么地方没有重合——

"哦，可是那个男人不是满脸胡须吗？"

"胡须随时都可以剃掉啊。"

没错，"烧假发的男人"和老师的外表差异就是是否有化妆和胡子，然而这种东西都很好处理。既然那个犯罪者有多次作案行为，人们也很容易想到他会换装。

"我没有做过那种事情。"

"所以请你出示身份证明。"

"我身上没带。"

"那保险证有带吗？"

"我还没有去过区政府。"

"那只好请你来一趟警察局了。"

警察轻轻地抓住了老师的手腕。

"你有带逮捕令吗？"

"才没有那种东西。如果你不协助调查，就是妨碍执行公务了。好了，跟我来吧。"

情况不太对劲，怎么办啊？我得想个办法才行。

5 文豪A时代错误的视角

警察就像围着剩饭瞎转的苍蝇一般不停地对我说教。

"包含驹迁警察局的警员在内，现在田端车站有不少警察在巡逻。你知道为什么吗？因为前不久，有一个骑越野自行车的年轻人遭人用铁管殴打。你身上有携带铁管吗？我也要调查一下，你是不是那起案件的嫌疑人。"

看来，警察有卖弄权势的倾向，不论在哪个世界都是一样的。当出现值得怀疑的人的时候，他们眼中的可疑的平民就都变成了嫌疑人。即使现在的世道已经不同于明治大正时期，但政府依然将少数派的人当作欺凌的对象。

"我对你无话可说，你这人真是厚脸皮。"

"厚，厚脸皮？"

"你该不会真以为我是个女人吧？"

"以为你个头啊！"

警察怒不可遏，用力拉扯我的手腕。他的体格看起来挺强壮的。

"你要施暴吗？你要使用暴力吗？"

我想，警察的手劲可能比我要大好几倍。但是，从他握住我手腕的方式和施力方式来看，他应该不知道如何使对手失去平衡。

我蹲下身子，将头朝警察手腕下方伸了过去，然后用双手紧紧抓住他，来了个过肩摔把他摔倒在地。

"呜……你，你给我站住！"

警察倒在地上痛苦地叫唤道，可只有笨蛋才会听他的话。我脱下木屐，光着双脚开始跑。我的脑海里一直萦绕着"仆人的去向无人知晓"这句我在小说里写下的最后的话。而我化妆成女人，在早已变得乱七八糟、满是机械的东京中，不知道为何要四处逃窜，更不知道逃走的意义，不知道要逃往何方……我不正和那个仆人没什么两样吗？

我一直过着这样的生活。仆人的去向无人知晓，连作者本人也不清楚。也无人知晓我的去向，连我自己也不清楚。

我趴着爬过只有猫能通过的小道，躲在空房围墙后面，蹲在墓穴的缝隙之中……我就像这样，在都市之中寻找着无人问津的小路，头也不回地全力奔跑。这里坡道很多，地形起伏不定，跑起来比跑在平路上更累，即使如此我还是没有停下脚步。

我的身后终于听不到追逐的脚步声了。这时我才发现，我已经回到了家门口。我走进屋，喊了一声"我回来了"，却感受不到弥生的气息。

我感到心慌意乱，查看每一个房间，还是没看到弥生的身影。

那个女人……我叮嘱了她那么多次，她还是跑出去了……

希望她能平安无事。我的脑海中又浮现出那幅地狱绘图，接着又消失无踪。

6 内海弥生略带狂热的观察

人在生死关头总会想出奇怪的主意。

我得阻止准备去追老师的警察，于是马上朝变绿的红绿灯走去，来到警察面前挡住他。

"请请请请等一下，警察先生！"

"怎么了？我正在执行公务……"

"我目击到刚才的人了，我可以作证，随时都可以站到证言台上。有什么事情尽管吩咐吧。"

我一边说，一边用双手拉住想离开的警察。

"我知道了，我知道了，你让一让！"

警察拼命用视线追着逐渐消失在人群中的老师的身影。不妙不妙，我得想个办法才行。

"啊，还有，我很擅长画人的相貌，也可以在法庭上画画。"

虽然我完全是在撒谎，但情况紧急，现在说什么都行。总之得先让老师逃掉才行。

"我知道了，所以请你让开！"

"哎呀……"

警察最终还是甩开我的手走掉了，但我多少拖住了他一会儿。

老师好像脱掉了木屐。既然没穿鞋子，那他应该逃得掉吧。

我感觉心跳得很快。我的心情因老师而变得如此焦虑不安，我觉得很没道理，同时又感到很好笑。要是我把这件事告诉阿美学姐，她一定会取笑我的。还是说，就不应该告诉她呢？

其实，我现在十分担心老师，这毫无疑问。或许我自己被警察追，也不会心跳得这么厉害吧。

我能为老师做些什么呢？

对，果然最好还是先回一次老师的家吧。就这样办。要是老师被警察追到家里，我也能马上帮老师卸妆，让他去洗澡。洗完澡后，老师就可以说自己是其他人了……

总之，我还是回去烧好洗澡水吧。

唉，总感觉我现在的心情很像包庇在学校惹是生非的孩子的家长。我是怎么看待老师的呢？对我而言，他只是个很需要人照顾的雇主吗？还是说——

我胡思乱想着，几分钟后就回到了家。我走进家里，打开浴室的门，准备去烧洗澡水，结果我的心脏都差点停止跳动了。

我看到眼前的一幕，没忍住尖叫起来："呀啊啊啊啊啊啊！"

这是怎么回事啊？

出现在我眼前的是，正光着身体淋浴的老师。

"居然突然闯进来，你真是个大胆的女人。"

"失，失礼了……"我慌里慌张地关好浴室门。

"喂，我都叮嘱了那么多次，你还是出去了？"老师在浴室里隔着门向我说道。

"对，对不起……"

"你为什么不遵守我的嘱托？"

"这个……"

"因为担心老师"——我之所以没能说出口，是因为感到害羞和抱歉。

"也罢，你没事就好。"

我以为他会更加生气，没想到只是这样，我不由得呆住了。同时，我也为老师平安无事地回到家里感到安心。

这个男人，明明自己被警察追了，还悠闲地说那种话。

"我，我有没有事都无所谓！"我这么说道。

结果，老师反过来对我发火道："无所谓是什么意思？"

就在这时，老师打开了浴室的门。

拜此所赐，我又看到了老师的全身。

"你，你快点遮住前面！"

"对小孩子来说太刺激了吗？"

老师拿起台上准备好的浴巾围在腰上。我本打算反驳说"我才不是小孩子呢"，但还是放弃了。因为我明白，就算反驳也没有任何好处。

"总之，以后未经我的许可不得外出，知道了吗？"

这个雇主的控制欲还真是强啊。

"好了，知道了。老师，比起我的事情，还是多担心你自己吧。总之，你没事就好。"

"你都看见了？"老师一边问，一边取下浴巾擦起脸和胸来。由于这时他的身体一直处于毫无遮挡的状态，我不得不移开视线。

"唔，真是遭了大罪，这糟糕的国家。"

"不是国家的问题吧……是忘了'烧假发的男人'特征的老师不对，当然我也一样。"

"不不，即使如此他也太粗暴了。只因为我穿了女装这一点，也不好好问清楚就准备拉我去警察局，哪有这样的？"

"穿女装的男人还是极少数，而且既然在同一个地方有穿女装的作案者，这不也是没有办法的事情吗？"

"真是奇怪的道理，在这个世界上，女人不是很自由吗？连盘子都不用洗。那么，男人也应该享有在大白天穿女装的自由才对。只不过是偶然有男人穿女装犯罪，就以此为理由要带我去警察局，这不是强词夺理吗？将事情类型化处理也得有个限度。"

"是这样吗？我倒是觉得还算妥当啊。"

我理所当然地觉得警察是有道理的。看见有人符合凶手的特征，于是进行例行询问，这不也挺正常的吗？但是老师好像还是无法接受。

"你啊，要是真心这样觉得的话，看来已经被这个国家虚伪的自由毒害得很深了。"

"可是啊，这也不能那也不能的话，要怎么进行调查啊？"

"应该用照片之类的当作线索吧？而且首先应该询问不在场证明才对。说起调查方法，现在应该也还有人看埃德加·爱伦·坡的小说吧？我也去过书店，虽然已经没人看埃米尔·加博里奥的小说，但好在爱伦·坡的小说还有人看。虽说如此，却没人活用小说中的智慧，这样又有什么意义呢？就算要带人去警察局接受详细调查，也没必要用那么过分的强制性措施吧。那样跟暴力又有何区别？"

虽然我也逐渐觉得老师的话很有道理，可是他不穿衣服的样子毫无说服力。

"总，总之请你先穿好衣服吧，之后我再听你说。"

"我之所以没穿衣服，是因为这里是脱衣处。是你自己擅自闯进来的。"

啊，是啊……是我不对。

"对不起……"

我装作若无其事地瞟了一眼老师微微隆起的肌肉。他不仅长得和芥川大人一样帅，甚至还有恰到好处的肌肉。这应该算是角色扮演的极致了吧……

"啊，你刚才看我了，是吧？"

"才，才没看呢！"

没有看，才没有看呢。其实看了，多谢款待。

"你的反应太激烈了。"

"……"

不好，虽然我平时不觉得自己有多喜欢肌肉，但在看到文学青年的纤细体型配上不多的肌肉时，我就有些克制不住了……

"我在客厅等你！"

我说完正准备走出去，这时老师从背后叫住我。

"弥生。"

"怎么了？"

"虽然已经说了不少话，但我有一句话忘了第一时间说给你听。谢谢你担心我。"

"不用……"

为了避免被老师听到我的心跳声，我匆忙关好门，一路小跑回到客厅。这是因为我看到他的身体而感到害羞，还是因为安心，又或是因为最后那句话让我产生了心意相通的感觉呢……还是因为这一切？

我拿起小茶几上的手镜看了看自己的脸，发现已是脸颊通红。我真是的，讨厌死了。"脸啊，脸啊，快点恢复成原来的颜色吧。"我一边念诵着这样的咒语，一边朝客厅里的电视望去，结果刚好看到穿好衣服的老师神态自若地来到电视前。他一如既往地把和平牌香烟叼在嘴里，坐下来点燃打火机，吞云吐雾起来。

"喂，就让我好好听听你看到我身体的感想吧。"

"老师，你是变态吗？"

我感觉好不容易恢复成原来颜色的脸又要变得通红了，于是背过脸去。这时，老师打开了电视。

电视上刚好在放新闻节目，正在报道刚才警察说的配送员袭击案件。

"刚才有一个疑似凶手的男人，在接受警察例行询问的时候逃离了现场，这是当时的视频。"

不好，老师刚才在路上接受警察询问的情形被摄像头完整地记录下来了！这可怎么办啊……

老师呆呆地看着电视，说道："我的女装不应该挺完美的吗？为什么会露馅？"

啊，就这点感想？老师啊，你是不是太从容了啊……

"应该是因为肩膀附近的肌肉才露馅的吧？"

老师"嗯"了一声，看了看自己的肩膀周围，又咕哝了句"的确"。老师的肩膀很宽，而且能给警察一记过肩摔，说明他很有可能还会格斗技巧。

说起来，芥川大人也很擅长相扑。我记起我读过一则轶事：芥川的父亲曾想战胜他而向他挑战，可是不论多少次都打不过，最后芥川没办法才故意让父亲赢了一把。

这样啊，原来老师连肌肉都模仿得这么像芥川大人啊。

呃，现在可不是对这种事情感到钦佩的时候。问题在于老师穿女装的模样已经被公共媒体传播开了，他现在正面临被通缉的窘境。

"老师，这样很不妙啊。我想，警察会根据这个视频着手调查。"

老师深深地吸了一口烟，吐出一条长长的白烟。

"在这个世界是怎么说的来着？这种情况，我就是万人迷吗？"

"我觉得不对……"

看来他又在电视上学到了什么奇怪的现代用语。

"好了，总之万人迷的我现在就是通缉犯了。既然如此，不论如何都要抓到凶手了。"

老师说得没错，照这样下去，老师被逮捕也只是时间问题。现代警察要从女装形象分析出人原来的样子，根本花不了多长时间。所以必须在那之前抓到真凶才行……

"就交给我吧！"我发出强有力的宣言。

然而老师的注意力早就被园艺节目吸引跑了。

7 健太郎寻找着铁管

——这些家伙，根本不管自己是否会给他人带来麻烦，只知道一个劲儿地骑得飞快。

从某个时期开始，健太郎愤怒的矛头指向了那些骑越野自行车的人。

他就读于田端的国立大学，由于他家就在学校附近，所以他上下学只需要步行就可以了。健太郎曾就读于非常有名的私立初高中学校，成绩还一直位列第一。

所以他考入了离家较近的，在国内有着顶尖教学实力的国立大学，这也是理所当然的结果。可以说，他的一只脚已经踏入了未来精英官僚的行列。毕竟健太郎的父亲乃至祖父都是政治家。

健太郎早已做好计划，他要继续努力学习，以第一名的成绩毕业，之后成为精英官僚乃至精英政治家，一帆风顺，尽情地享受人生。只有一样东西惹恼了他——骑越野自行车的人。

一开始他也没在意，但是他多次看到骑越野自行车的人从他身后飞速驶过留下的背影后，终于生气了。

——反正都是些不会学习的笨蛋而已。

这些家伙既买不起汽车也买不起摩托车，却以汽车的速度骑着自行车。健太郎觉得，那些骑越野自行车的家伙都太嚣张了。

——骑的是自行车，却不用自行车应有的速度去骑。那怎么不去买摩托车骑呢？要不就开汽车啊。既不买汽车也不买摩托车，其实就是个没钱的穷光蛋罢了。

某天吃晚饭时，他把自己的想法告诉了父亲，结果他的政治家父亲这么说："这就是你的偏见了。我有一个同事就很喜欢自行车运动，他跟爸爸一样都是政治家。"

"可是那个人应该不会骑那么快吧？"

"确实，毕竟年龄大了，应该不会骑得很快。"

"我讨厌的是那些骑自行车骑得飞快的家伙。那些家伙根本没有分寸，就不能用法律惩罚他们吗？"

"唔……"父亲把双手抱在胸前，"的确，前不久有个新闻说，一个老年人被超速驾驶越野自行车的人撞倒，送去医院后因为抢救无效身亡。超速的确不对，只是很难限制自行车的速度啊。骑自行车的人很多，也没有像汽车那样能检测速度的装置。"

"那就禁止骑越野自行车啊。"

"这就太强硬了。自环保浪潮开始，大多数企业都使用越野自行车进行配送服务，现在随处可见的越野自行车配送员俨然已成为都市一景了。要是提出全面禁止，一定会收到许多民间企业的抱怨。越野自行车不需要消耗汽油，只需要人力，这对很多企业来说很有帮助。"

"可这不是很危险吗？"

"的确偶尔会发生事故……不过，比起越野自行车，汽车引起的事故更多。"

说到这个份上，健太郎也不知道该如何回答，但是他在心里仍然有自己的想法。

汽车多好啊，毕竟汽车比人类要强大。

健太郎从小就很喜欢坐汽车。只要坐上汽车，坐在驾驶座上的父亲就会变得跟平时不太一样，经常用勇猛的口吻小声骂那些行人：

"我都为你停下来了，赶紧走吧。"

要么就是："这样很危险啊。走路就别摇摇晃晃的了，蠢货。"

健太郎就是看着这样的父亲长大的，因此他在不知不觉之间学会了：比起那些步行者，坐在汽车里的人更加了不起。所以，就算汽车碾到人也没什么大不了的。但是，越野自行车就不行，毕竟那只是自行车。那是既开不起摩托车，也坐不起汽车的人才会选择的交通工具。

竟然让骑着那种东西的家伙以飞快的速度擦身而过，简直不可理喻。

在今年六月，他的愤怒到达了顶点。

有一次，健太郎正步行去上学，这时又有一个骑越野自行车的人与他擦身而过——原来是个配送途中的配送员。

那人骑着车若无其事地经过一摊水，溅起的水把健太郎的腿还有他新买的裤子弄湿了。

健太郎原本就很愤怒，经过这件事之后便一发不可收拾地感到憎恶了。他觉得有必要纠正这个世界，不论在哪里都好，真想去揍揍那些家伙。

"我真想揍一顿那些家伙。"健太郎开玩笑似的在饭桌上说道。

他的父亲爽朗地大笑之后，说道："你真要揍的话，就到交警附近去揍吧。"

"为什么？"

"然后你再出示你的身份证，最好告诉交警你的父亲是谁。那样的话，警察厅就会停止调查了。可以的话，你最好选择家附近的地方下手，这附近的警察我基本上都认识。"

"可以这样做吗？"

"你以为爸爸是谁啊？我可是政治家啊。"父亲模仿最近流行的搞笑口吻说道。

健太郎也不清楚，他们的对话有几分可以当真。完全有可能只是健太郎的父亲认为他在开玩笑，所以也开玩笑地回答了他而已。

但是，健太郎的愤怒是发自真心的。虽然他搞不清楚父亲的想法，但既然父亲都那么说了，那就那么做吧。

第二天开始，健太郎大半夜地到工厂附近瞎逛，他要寻找一根适合行事的铁管。

8 文豪A时代错误的视角

我是不是考虑太多了？和弥生一起呆呆地看着电视上播放的综艺节目时，我突然如此想。

在吃晚饭前，弥生对我说"我会想办法的"。但我有点生气，那怎么行？于是我认真思考起解决方法来。但另一方面我又觉得事态还没有那么紧急。

"等一下，仔细一想，只要我今后不再穿女装不就好了吗？"

我的想法是这样的：被警察目击，被摄像头拍下来的只是我穿女装时的样子，只要我不穿女装就不会被逮捕。

结果，弥生长长地叹了一口气，把银色的汤勺放在盘子旁边。

今晚饭桌上摆着的还是平野雷米老师特制的"茄艺脆皮烙菜"。虽然味道堪称一绝，但是现在我在意起那个"茄艺"的"艺"（注："茄艺"发音为nasunikku，模仿日本的一个农业品牌nasunic。nasu是日语"茄子"的意思，technic是英语"技艺"的意思，nasunic是这两个词合成的和制英语）到底是什么东西，因为根本就没有用到这种材料。就在我想着自己是不是搞错了做法的时候，弥生开口道："那个，老师。现在的时代，不管嫌疑人怎么化妆，警察都可以通过CG还原出嫌疑人的骨骼和原本的样貌。"

"CG……你是指英文字母的C和G吗？"

这个世界有太多我不懂的词了。即使东京本就是个多变的都市，但到了这种地步怎么看也不太正常。而且我还从电视上得知，近年来因为什么因特网（internet）和AI技术，人类不久就会迎来奇点（singularity）。这些已经超过了我的理解范围，与我想象中的未来的东京太不一样了。难道说这也是因为接纳了我的小说，世界才会突然变异成这样的吗？

"就是Computer Graphic的缩写。"

为了解释一个词，不得不引用另一个词，这样下去，要弄懂真正的意思，恐怕天都黑了。

"虽然我完全不懂，但你的意思就是，警察有可能还原出我的素颜，对吧？"

"嗯，没错，就是你这张长得像个文豪似的脸。哎呀，不过想象一下真是太好笑了。一想到他们将摄像头拍下来的女装男人的样子通过CG技术处理后，结果得到一张跟芥川龙之介长得一模一样的脸……"

我完全搞不懂这有什么好笑的。

"我不觉得有什么好笑啊。"

"你想啊，警察一定会全都愣住的，他们甚至会怀疑：难道自己一直在追一个文豪吗？"

弥生笑得花枝乱颤，可我实在不觉得有什么好笑。我一边感到疑惑，一边用勺子舀起脆皮烩菜送到嘴边。每吃一口，我都感觉美味刺激着舌头。

"总之就是这样，老师现在相当于被通缉了。所以请你不要轻易出门。"

"这样啊……我是罪犯了啊……"

我从未想过事情会变成这样。在这堪称"新东京市"，到处都是机器的城市中，我居然会得到"罪犯"这一称号。

面对这超乎预料的事态，我不禁蹲起身子抱起头来。

"唉，往后活下去终将落后于时势……"

"这句话不是芥川大人说的，而是夏目漱石老师的《心》中的'老师'说的吧。换成芥川大人的话，肯定会说'说不清道不明的不安'。"

看来，弥生非常了解文学，没想到她居然能看穿我把自己的遗书跟夏目漱石老师的作品中的遗书混合而成的高级玩笑。只是，我现在的心境已经与我过去写遗书时的心境有所不同了。

"已经不再是说不清道不明的不安了，而是清清楚楚、明明白白的不安，不，这是绝望。要说有什么好绝望的，你听我说，就是那个，我不能出门，也就意味着买食材的事情只能拜托你了。"

"这又有何不可呢？我可以去买东西啊。"

这个小姑娘还什么都不明白，她不知道自己正处于怎样的危险之中。但这也是没办法的事情，毕竟她不知道我在罗生门看到的那幅地狱绘图。

"不行，你一步也不能出门！"

"我，我说你这也太过度保护了吧？反倒是老师最好别出门。再说了，这世界上哪有女佣会像这样被包在手心里啊？"

"那我就解除你女佣的职责。"

"我来这里是为了当女佣，既然你不用我了，我就失去继续留在这里的意义了……"

"只要你还活着，对我来说就足够了。"

"啊？"

连我自己都觉得说这种话还为时尚早，或者该说我的行为太过火了。即使我深刻反省，也已经为时过晚，只要看弥生的眼睛我就能明白。

她的脸颊变成了樱桃色，似乎已经察觉到我藏在心中的想法。不，等一下，我藏在心中的想法又是什么东西？有这种东西吗？

我急忙摇了摇头，想赶走心中的杂念。然而眼前有个人做出了比我更加奇怪的行为。

"喂，你为什么要用头撞墙啊？"

"我没有撞墙。"

虽然弥生如此回答，可实际上她正抱着客厅里的柱子不住地把头往上面撞。

"你都出血了。"

"没有出血！"

不，出血了。她的额头恐怕被柱子的棱角磕破了吧。我搞不清楚她的想法，但我想应该和我正在想的事情不会差太远。

也就是说，她一定也正试图将萦绕在心中的各种情感抛到脑后，才会这么拼命。所以，当她说出接下来的那句话时，我才体会到她心中的苦楚。弥生的话打断了我的思绪："我想另外找个兼职，所以从今天起能每周请两天假吗？"

按常人的想法来看，她这么说就是想和我保持距离。但任何事情应该都有原因。

"哦，你想要假期吗？"

"啊，还有，我之前的公寓的租赁合同要到这个月才结束，所以从明天起我要回自己的家，就不在老师家里过夜了。"

她果然想与我保持距离。

"你要在这种时候弃我而去吗？"

"啊？我可不是这个意思。"

其实我并不是存心想为难她。只是就结果而言，我的话听起来就像在闹别扭一样，连我自己都觉得自己很不中用。但一想到从明天起她就不会在家里了，我就感觉内心被不安所侵扰。说实在的，我现在很想叹气，但又不能，于是我躺倒在地板上。

"没想到我会有被女佣抛弃的一天……终将落后于时势。"

"所以说，说这话的人应该是漱石老师才对……"

"人生还不如波德莱尔的一行诗。"

"啊，这句话出自《某傻子的一生》。"

"比地狱更像地狱。"

"这句话出自《侏儒的话》。只是，就算你这样绕着弯地引用这些名言名句也……算了，总之就是这样，明天我一大早就要出去面试，所以早上我不在家。你要记得老老实实待在家里，不要外出。"

我抓住弥生衣服的边角："就算我拜托你不要去也不行吗？"

"是的……"

看来她心意已决，那么即使我再怎么捶胸顿足也无济于事。既然没有效果，再继续下去也没有意义。于是我站起身来，对她说：

"那就和我做个约定吧，绝对不要一个人去田端车站前面。"

"不要一个人去田端车站前面？"

"没错。"

弥生困惑地歪着头，但最后还是点了点头。

"那么，今晚就是你在这里度过的最后一夜了。"

"是的……"

一切都到今晚为止。以后会怎样呢，我能保护她吗？我是不是应该多挽留一下她？

但是，当我再次睁开眼睛的时候，她已经朝楼梯口走去了。走过楼梯的脚步声，宛如将故事引向终点的序曲，带着哀愁的音色，萦绕不绝。

在黎明时分，我听到走廊传来脚步声，不久后又听到有人为了不发出响声而轻轻打开玄关拉门。弥生打算趁我睡着的时候离开。

我躺在被窝里吸着烟——虽然她一直禁止我睡觉的时候抽烟——朝外面听去，我仿佛听到了拉门被关上的声音。不，说不定我听到的其实是拉门被关上之后的寂静。

"她好像已经走了，这样真的好吗？"

袴垂又出现了。柔和的青白色朝阳透过屏风射进屋内，看来现在也就早上六点左右吧。袴垂在我躺着的被褥上重重坐了下来。拜此所赐，我除了能把烟灰弹进身旁的烟灰缸，就再也动弹不得了。

"没关系，我已经告诉她不要靠近车站了。"

虽然昨晚我怎么都睡不着，但还是没有做出造访她房间这种越轨的行为。在我还是芥川龙之介的时候，我就做了许多不老实的举动。我不希望把自己的这种特性带入这个世界。那是自暴自弃的人才有的行为，而我之所以存在于这个世界，是因为我有着明确的目的。我是自己选择来到这里的，所以我不能就这么轻易地把毒牙抵在女人的身上。

"你真是个笨蛋。"

"什么意思，你是指我没有和弥生睡觉吗？"

"我才不是说这个！"

不知为何，袴垂脸红了。她也有可爱的地方嘛。

"那是什么？"

"她家不是在野方吗？不坐车怎么回家啊？她真的能遵守和你的约定？"

"什么……"

我一下子坐起身来。

"算了，也不会马上就出问题吧。从那幅地狱绘图的太阳方向看来，应该是发生在正午。她马上就要回野方去吗？"

"不……她应该会去参加新工作的面试，完了之后才回去……"

"她的新工作在哪里？"

"我没问……"

袴垂用看笨蛋一样的眼神看着我，笑道："希望你不会招致最坏的结果。按照你的话就是，比地狱更像地狱的结局。"

我把烟掐灭摁在烟灰缸里，然后又拿出一根香烟叼在嘴里点燃。但不管我的肺部深深地吸入了多少烟，我都毫无感觉。烟只是过了一趟肺，又从鼻子跑出去了而已。

1 内海弥生的电话粥

啊，你说我声音听起来很消沉，很没精神的样子？才没有这回事呢。

我们是不是还在一起生活？不，因为发生了不少事情，我现在回到了原来的公寓。分手了？不，才不是你想的那样。而且我们也没有在交往……我也不是被辞退了。

只是，唔，我也说不太明白，只是觉得暂时想和他保持一点距离。而且我也想做点其他的兼职，今天就去面试了。

啊，你说没必要那么着急？不，不是那样的。这里面其实还有其他原因，就是之前的那些案件。其实，那个，这件事希望你能够保密……老师现在被通缉了。嘘，你惊讶过头了。就是这样啊，当然他是被冤枉的，这一点我可以保证，他只是被误会了。

但我听说，因冤罪而受到检举的人数一年比一年多，数字上升得很快。所以可以的话，我希望先去抓住真凶。

兼职的面试就是在那天上午进行的。你问结果如何？哼哼，学姐，你以为我是什么人呀，当然是当天就被录取了。

什么职业？配送员啊，就是靠体力的那个。以前我跟你说过老师打算让我成为诱饵那件事情吧。虽然我讨厌当可能被剪掉头发的诱饵，但我要是做一个配送员，在市内巡逻，同样有可能找到那个骑越野自行车的凶手。而且，如果能找到骑越野自行车的同伴，也许就能从他们那里收集到情报。

在进行面试的当天下午，我就开始了每周两次的配送员打工生活，正所谓兵贵神速嘛。

我打工的地方叫作"旋风社田端分店"，所有兼职工作人员共有五人。

刚开始的一周，我一直跟着小林熟悉工作流程。你问小林人品如何？嗯，该怎么说呢，应该还好吧。虽然我觉得他也挺帅的，但跟芥川大人一比较就有点……就是那样吧。不过我觉得没人能跟芥川大人相比就是了。

其他帅哥？啊，有个叫Makoto的人就很帅。最开始我也不是没想拜托他来指导我，不过因为已经定好了由小林来指导新人，所以也只能放弃了。

实际上，小林的笑容和蔼可亲，还真的挺治愈人心的。

"没事，反正这个工作也不需要记太多东西，你很快就能上手的。"他还温柔地对我说这种话呢。不过说实在的，一开始我压根没有能坚持下去的自信。小林也问过我："对了，你对体力有自信吗？这个工作很消耗体力的。"我听他这么说就有点害怕了，于是回答说："我对自己的体力没什么自信。"

我觉得有什么事情一开始就说出来比较好，小林却对我的回答感到有点无语。呃，这是理所当然的事情？是这样吗？我倒觉得先说出来比较好。你说我缺少作为社会人士的自觉？不是吧，明明没有自信却说自己有自信，这样才会在之后给别人添更多麻烦吧？

你问我高中时参加了什么社团活动？啊，学姐都忘了吗？太过分了！明明我一直都关注着学姐的！就是柔道部啊！啊，不过我一直都是替补队员，上大学之后，甚至连柔道服都没再穿过。

不过，小林虽然感到困惑，还是安慰我说："到时候自然会有体力的。"他甚至还露出安慰我的微笑。

啊，我是不是迷上他了？我怎么可能这么快就移情别恋。

嗯，移情别恋是从谁移到谁？我说了这个词吗？说过吗？好奇怪。不，我并没有什么深意，你别多想。

不过，等真的开始工作之后，我才发现小林说的并非都是吓人的。我曾经以为，不就是骑自行车嘛，应该不会太消耗体力吧。结果当天我就明白了，原来我的想法是大错特错。

哎呀，真的非常辛苦。体力完全不够用！简直不是说着玩的。说实在的，我真没想到人的体力居然能消耗得那么快。第一天我就以为自己会死了。首先就是腿动不动就抽筋，还不到一个小时，我身体腰部以下就被钝痛所覆盖，弄得我踩踏板的速度越来越慢。

但还好有人帮助我。能有小林这样的人负责指导我，真是太好了。他很照顾我，每工作一会儿就让我休息一下。他真是太帅气了，可以说是个行动派的帅哥。

由于是用自行车送货，所以我们每次都要回到放置货物的"旋风社"大厦。每次我累得气喘吁吁地回到大厦的时候，总会感觉到其他工作人员的冰冷视线。

看来，除了小林，其他老员工指导新人都很苛刻。那个，我一开始还觉得那个叫Makoto的人有些帅气，结果他反而是第一个用冷漠眼神看我的人。他那黏在人身上的视线让我觉得很讨厌，让我加倍体会到自己体力不足和对工作不熟，感到无地自容。

就算在这种时候，小林还是安慰我说："不用在意。总之，在骑车的时候一定要注意交通安全。"

之后——其实这才是今天我跟你打电话的主题——小林如此说道："还有，不知道你听没听过这个。其实在昨天发生了一起专门针对配送员下手的暴力案件。"

我吓了一跳，没想到工作当天就在职场上听到了和自己有关的案件。

"我在电视上看到了。"

"受害者就是我们公司的老员工。在那个时候，我们还没有开始招募，你就投来了简历，真是帮了大忙。"

"原来是这样啊……"

我们进行了这样的对话。

哎呀，世界还真是小啊。不过说回来，毕竟这家公司是田端区域最大的配送员企业，因此发生这种事的概率也没有我以为的那么低啊。

我假装对这起案件不是很了解，问道："你知道为什么配送员会被人针对吗？"

小林说："不，还没弄清楚那个人的作案动机。总之，最近在田端车站周边还发生了不少其他的奇怪案件，你还是小心为好。"

我一边回答"明白了"，一边想起答应过老师的事情——绝对不要一个人去田端车站前。

我对此很莫名其妙，我完全搞不清楚老师为什么会说这样的话，不过当时老师的眼神非常认真。只是很不巧，既然做了配送员的工作，就有可能因为配送地而不得不经过那里。我也曾在内心挣扎过，这样真的可以吗？但最后还是只能安慰自己说，这也是没办法的事情。

我考虑着这些事情，很快休息时间到了。

"说起来还真是可怕啊，据说凶器是铁管呢。"我们去便利店买来三明治，来到田端台公园休息的时候，小林如此说道。

"铁管吗？"我一边留意公园入口附近的过低的滑梯，一边问。这个公园乍看之下不怎么起眼，却给人一种奇妙的感觉。

"是啊，就是之前说的针对配送员的施暴案件。凶手突然从配送员的背后出现，用铁管猛地打了一下。"

"呜哇，好可怕……"

我只是想象一下，就觉得自己的后脑勺痛了起来，不禁露出满脸痛苦的表情。实际上，由于我现在也是个配送员了，所以要是什么时候遇害了也不足为奇。

可是，学姐，你不觉得奇怪吗？为什么凶手要针对配送员呢？既然针对配送员，其中一定有什么意义吧？

是不是真如老师所说，应该把这一连串的案件联系起来看？啊，你不知道，别问你？你说得对。

因为我也不是很懂，就向小林问道：

"不论什么事情都有前因后果，既然凶手盯准了配送员，其中应该有什么理由吧？"

"不管什么理由都是有可能的。对我们这种骑自行车的人心怀怨恨的人可不少啊。"

"怨恨？"

"不是汽车，还比普通的女式自行车快好几倍。明明只是自行车，却如此嚣张，还很危险——有这种想法的人不在少数。这样一来，一旦发生什么事情，这些人就将我们视为眼中钉。"

我感到很意外。毕竟我从未想过，只是骑越野自行车，就会被人如此怨恨。

"是这样吗？"

"实际上，也的确有些骑自行车的人不懂礼貌。本来把那种人和配送员混为一谈是一件很可笑的事情，但因为大家都穿着运动服，所以一般人可能搞不清楚那种不懂礼貌的观光客和配送员之间有什么分别。而且，田端一般也没什么观光客，配送员才会成为目标吧。"

原来如此。

被他这么一说，我想到至今为止我也没能仔细分辨两者的区别。学姐，你能区分出来吗？看吧，你也搞不清楚吧。

"但你也不必过分担忧，毕竟你是女人，别担心会被袭击。该工作了。"

小林这么说道。不过他说的也不无道理。目前，受害者均为男性。不过，这也有可能只是骑越野自行车的人的男女比例问题而已，所以我还是不能大意。

只是，小林如此亲切地向我提出各种建议，我都不好跟他直说"其实我只是为了抓住凶手，才潜入这里进行调查"什么的了。

没必要在意这些事情？可能正如你所说。你说我喜欢上小林了？不，不会的。我想以后也不会。啊，不过前几天休息的时候，我头上有片树叶，他帮我弄下来的时候我还是稍微有点心动的。

不不，我只是潜入这里进行调查，才没有想过什么恋爱方面的事情呢。就算是我也明白，总有一天应该去和一个长得并不像芥川大人的人谈一场正经的恋爱。从这种意义上而言，小林的确让我感受到有那么一点可能性，算是达到合格线了。

你问我是不是想忘记老师？

与其说是想忘记，倒不如说不得不去忘记……就算我一直在死胡同里瞎转悠，也不会有所成长啊。你问是什么死胡同？简而言之就是他长得跟芥川大人一模一样，这就是一切的开端。不论是我在大学时代与七斗的恋情，还是现在对老师的感情，都是因为我还没有逃离芥川大人的束缚，总而言之就是我觉得自己根本没有谈过现实的恋爱。

啊，你说我变成熟了？是吗……啊，学姐你一直在担心我啊？担心我又因为外貌而喜欢上老师，和他交往？我才不是那么浅薄的女人呢，嘁嘁嘁嘁嘁。

你说你比较推荐小林？你是认真的吗？你明明都没有见过他。听起来不错？嗯……也是，的确还不错吧，他也很会安慰人。那我就考虑一下，让他成为我的恋人候补吧。

啊，对了。我之所以想忘记老师，其实也是为了老师着想。虽然这么说可能让人觉得我很自恋……实际上，在打工的第一天，我和小林在公园休息的时候，我无意间感觉到了一道视线。我看过去，发现电线杆后面有个影子，而且还露出了和服的衣角。那件和服就是最后那晚我离开老师家之前，用熨斗烫好的和服。

说不定他只是偶然出现，也有可能只是我看错了……但我也想过，他是不是在跟踪我。而且时机非常不好，那时小林刚好牵着我的手——啊，别那么吃惊嘛，那是在绅士行为的范畴内的——朝越野自行车走去。

我回头一看，和服的衣角又消失了。

会不会让老师产生误解了呢？不，就算他误解了，也没什么好困扰的，毕竟我们之间的关系也就这种程度而已……果然，这种不清不白的关系最不好了……所以，我必须忘记老师才行。

嗯……就是啊。问题在于，我还没有辞去女佣一职。明天我下班后就去和他见个面好了……破镜重圆？不不，哪有会重圆的镜子。

2 文豪A时代错误的视角

傍晚时分，弥生出现了。我察觉到她回来了，却不知为何觉得有些害羞，不想马上出去见她，于是把自己关在客厅。

由于我实在闲得无聊，就把攒下来要洗的衣服一件件叠着玩。

就在这时，弥生出现了。

"这么薄的碎布条包得住你的屁股吗？"

我拿在手上的是弥生的绳状内裤，弥生看到后连忙抢了过去。

"多管闲事。"

"怎么了？难得我想帮你洗衣服……"

"昨天我都跟你说了不要出门，你还是出去了吧？"

"你你你你你你你在说什么呢？"

不好，我表现得太慌张了。这个女人真是的，总是做些出人意料的事情。

"因，因为你说不能出去，所以我才像这样待在家里。你没看到吗？"

"木屐的某个地方跟你出门之前不一样了。"

"不可能。"

我平时总是把木屐放在玄关左侧的鞋柜旁边。

"嗯，位置的确和早上一样。但是，我在木屐下面放了两枚花瓣。这是我昨天黎明出门前顺便放在玄关处的。也就是说，从昨天黎明之后，花瓣根本就不可能掉下来。听明白了吧？你还有什么话好说？"

"也就是说，木屐把花瓣踩了。"

"嗯，说得好。那么这又意味着什么呢？"

"木屐把花瓣踩了。"

"你刚才已经说过了。"

"木屐动了一次，把花瓣抖落了，又回来了。"

"回答正确，也就是说你出门了，对吧？"

"等一下，刚才你的提问简直就是诱导询问！"

"哪里诱导了？我才没有做那么卑鄙的事情呢。"

"好，好了，就是那个……在漫长的历史长河中一定有木屐会自己动的现象。比方说中国地区（**注：中国地区是日本地域中的一个大区域概念，位于日本本州岛西部。由鸟取县、岛根县、冈山县、广岛县、山口县五个县组成**）就有木屐会自己乱走的传说。"

"你以为我不懂就想糊弄我吗？我才不会上当呢。"

"呃……没错，我是出门了！因为我要去买烟！烟抽完了！"

"哦，上一周我不是才买了一大堆和平牌香烟吗？"

"抽完了啊……"

"我买了十盒。看那张桌子上的烟，应该也就抽了五盒吧？"

事已至此，我唯有哭着谢罪了，这是我曾经对妻子阿文经常使用的小手段。于是我跪下来说道：

"呜哇啊啊啊啊啊啊啊啊啊啊啊啊对不起！真的对不起！"

"你在田端台公园的电线杆后面偷偷看我了，对吧？"

"没有看啊，我只是偶然路过而已……"

没想到居然连这个也被她看穿了，难道这个女人有千里眼吗？

"这件事情就不说了，那个时候你有什么想法？"

"没，没什么啊……我才没有想'那个男人是谁，是你的恋人吗'之类的呢。"

"原来你是这么想的啊……其实他是我工作上的师父。"

"工作上的师父啊……唔……"

就算把我嘴巴撕开，我也绝不会说"我看到他碰到你的手，所以嫉妒了"。要是让这个女人知道我有这样的想法，她一定会更加蹬鼻子上脸。

"我和他没有进一步的意思。"

她这是什么说法？就好像她认定了我很嫉妒似的。

"你说没有进一步的意思？"

"对啊，怎么了？"

"没什么。"

"有什么吧？你就不能说明白一点吗？"

我默不作声，之后又回答了一句"没什么"。这个女人怎么回事啊？为什么会如此敏锐地咬住人不放？莫非女佣只是她虚假的身份，她其实是侦探或是警察？

"我没什么想说的。"

"真的吗？那我就去打扫浴室，打扫完了今天就告辞了。"

"唔……我说，不去田端站的话，你打算怎么回野方车站啊？"

她应该也还记得，我曾说过她不能一个人去田端车站。那么，她打算怎么回去呢？

"我知道了！那你就给我坐出租车的钱吧，我坐出租车回去。"

我本想说："你就在这里住下吧。"但不管怎么样，我就是说不出口。

"没办法，就这么办吧。"

弥生气鼓鼓地走向了浴室。

我深深地叹了一口气。才几分钟的对话，让我本就不长的寿命变得更短了。

3 文豪A时代错误的视角

第二天，内海弥生也和那个骑自行车的男人在一起。

我一直在跟踪他们两人。话虽如此，他们毕竟骑的是自行车。在这个世界，我是个不擅长骑自行车，也不会喝酒的男人。我压根不可能骑自行车尾随他们。

于是，我有时会使用名为出租车的现代文明利器——这个交通工具在我所处的时代仍非常少见——继续尾行。

昨晚拌嘴的时候，我实在是太不争气了，竟然暴露了自己的弱点，而且把自己搞得那么丢脸。明明弥生只是出个门，一周打两天工而已，我就那么担心她，满脑子都在想她。

而且我居然嫉妒那样的男人，真是蠢到骨子里了。

我并非真的怀疑弥生和那个男人之间的关系，我也明白她其实是想潜入内部进行调查。但是，要是她在调查途中就死掉的话，头疼的人可是我。不，当然也并非只是这样……

为了迎接东京奥林匹克运动会，整座城市都在进行改革，甚至在连悠闲得让人想打哈欠的田端车站都能感受到改革的氛围。东京这个城市的精灵明明是头没有自我的懒猪，现在却如此性急。

的确，这座城市改变了许多。我坐在出租车里，眺望着车窗外一排排写字楼，更加强烈地感受到了这一点。

这座城市遗忘了什么东西。

在如此急剧的变化之后，又会留下什么东西呢？

还是说什么都不会留下？

但我心想，即使到了最后，我也不会舍弃这些景色。与其说是为了风景，倒不如说是为了我的母语日语。

这个国家的新闻总是让我想闭上眼睛，捂住耳朵。但这里有我的母语，城市已经和母语成为一体。

虽然母语是自由的，可以去到任何地方，但另一方面也离不开这个国家。即使处于人民缺少骨气、国会丧失操守的现状，国家对母语而言依然是至关重要的地方。

弥生和那个男人在田端台公园前停下了自行车，他们昨天也曾来过这里。我走下出租车，悄然来到能听到他们两人对话的地方。

"先休息一下吧，你应该累了吧？"

"也是，谢谢小林哥。"

原来这个骑自行车的男人姓小林。他又走进田端台公园。他还是老样子，对弥生过分的自来熟，而且距离也太近了，真是令人不爽。弥生也是的，也不知道她是太粗心还是太迟钝，她看上去一点都不在意。就在我想那个男人一定图谋不轨时，弥生突然朝小林问道："那个，我可以冒昧问一句吗？"

"什么事情啊？"

"Makoto是怎样的人呢？今天我也被他狠狠地瞪了。"

虽然我也不知道Makoto是何许人也，但我有些感兴趣了。

"我总觉得很害怕他。"

我猜应该是同事吧，也就是说，弥生认为这个人物就是凶手。

听弥生这么一说，小林爽朗地笑道："啊，你说她（注：日语中"她"和"他"的发音不同）啊。"

"她？"

弥生吃惊的时候，不仅会表现在脸上，甚至还会有丰富的肢体语言。或许她自己没有意识到这一点，但看在我眼里，她的姿势简直就像是漫画化之后再用人体组成一般。

她应该一直以为那个叫Makoto的人是男的吧。见过"水气球炸弹狂"案件之后，会有这样的想法也不足为奇。

"她的本名叫作野口真琴（Noguchi Makoto），汉字是真实的真，竖琴的琴。我想她之所以会盯着你看，大概是因为嫉妒吧，毕竟直到上个月都是我指导她的。她一定觉得是你从她那里把我抢走了，所以才觉得生气吧。"

我不清楚小林这自恋的解释能信几分，不过从弥生的反应看来她明显有不少误解。

"啊……什么嘛……啊哈哈，原来是这样啊……"

她又来了，本想打圆场糊弄过去，却老是弄巧成拙，这也是她的一大问题。

小林这时从怀里取出一支烟来。

"啊，小林哥，原来你也吸烟的啊？"

"烟还是要吸的。"

吸个烟值得大惊小怪吗？反而是这个世界的人烟吸得太少了。按我说，路上全面禁烟什么的简直是在胡扯。

"我还以为运动的人不会吸烟呢。"

"运动完来一根，可会让人受不了的。"

"哦，是这样啊？我不是很明白。"

"我只是逗你的，这不明摆着的吗？"

小林说着就把香烟捏碎了。

"啊？"

小林刚才的笑容与现在充满憎恨的表情落差实在太大，我吃惊得无法从他身上移开目光。

"之前我在路边看到有这支烟，觉得很生气就捡起来了。这座城市有太多恣意妄为的家伙，所以我就在工作的时候为美化城市作点贡献。我最讨厌烟了。"

他把捏得皱巴巴的香烟扔进垃圾桶就离开了。

"在工作同时还美化城市，真是太棒了。"

"被你这么一说，我都有点害羞了。"

小林重新露出了笑容，接着"咕嘟咕嘟"地喝起水杯里的麦茶。

我望着小林的侧脸，回想起刚才他对香烟露出的憎恶表情，不禁想到——

等一下。

为美化城市作贡献，说出来倒是好听。然而，若他对香烟的憎恶程度超出了界限的话……

我在脑海里想象了一下小林憎恨地朝走在路上手里拿烟的人扔水气球炸弹的场景。

想到他刚才充满憎恶的表情，我觉得这种事情并非没有可能。

当然，现在还没有任何根据。如何证明这一点，又是另一个难题了。

尽管如此，他作为凶手的条件已经很充足了——职业是配送员，工作地点在田端车站周边，讨厌香烟。

我想，弥生一定也与我有着同样的想法。

"怎么了？我脸上有什么东西吗？"

"不，没什么……"

"喜欢上我了？"

"啊哈哈……"

"开玩笑的，走吧。"

真让人不爽……他这种一有机会就勾引人的做法，让我感觉非常生气。当然，由于他并不知道我正躲在这里，所以这也不无道理。

我通过弥生的表情，明白了她与我有同样的想法。既然如此，继续跟踪下去也没有意义了。

我乘坐出租车回到家里，等待弥生结束自行车配送的工作再次来到茶川家。

这两天她应该做完这一周的自行车配送业务了吧。那么接下来的五天她就会在我家专心当女佣了。

我打开电视，不管切换到什么频道，都找不到什么有营养的节目值得人专心看。这个叫作电视的东西，虽然有时会给这个世界的人类带来有利的信息，却有时常空转的坏毛病。

最后，我还是把频道停在了儿童节目上。现在正在播放"和妈妈一起做体操"的环节。我也跟着做体操的小哥一起一边喊"嘭磅嘣"这种不明所以的口号，一边活动身体。做了不久，我就觉得身体的疲劳逐渐消失了，真是神奇的发现。

当我回过神的时候，发现弥生正站在客厅门口盯着我看。

"你怎么还在悠闲地跳舞？今天是不是又出门了？要是被警察发现了可怎么办？"

"今，今天我没出门。"

"你背上写着你正在说谎。"

什么，背上？这可不好。我急忙挠起背来。

"你为什么要出门？"

"烟没了……"

"昨晚还剩五盒吧？"

虽然我的确是个重度吸烟者，但弥生也知道我一天最多抽四盒。撒谎说已经抽完了，果然还是太过勉强了。

"这是因为……这个……"

但弥生似乎并非是想斥责我才提起这个话题的。

"既然还有多的香烟，干吗不好好利用呢？"

"什么意思？"

明明这里没有其他人，弥生还是鬼鬼祟祟地扫视了一下四周，才向我说明她的计划。

"其实，在我打工的地方有个可疑的男人，他叫作小林诚。我猜，老师应该已经见过他了。"

"虽然我不清楚你在说什么，但我想象了一下他的模样，一定是一个头发干燥，总是嬉皮笑脸的男人吧。我只是在说我想象中的模样。"

"你的想象也太准了吧？正是这样的男人。"

"那他怎么可疑了？"

"他是个讨厌香烟的配送员。"

要是我对这件事也表现出早已经知道的态度，一定又会被弥生发现我跟踪她了。于是我故意做出惊讶的表情，巧妙地演起戏来。

"原来如此啊……只是，今天早上的新闻里也说了，最近讨厌香烟的年轻人变多了。这样一来，就不知道是讨厌吸烟的配送员多，还是喜欢吸烟的配送员多了。"

"或许的确如你所说，但是在田端车站周边进行配送的配送员人数是有限的。今天下班时，我顺便看了一下时间表，原来发生案件的那一天，小林刚好白天当班。你不觉得这非常可疑吗？"

"嗯……于是你想象——我在路上吸烟，他朝我扔水气球的场景，没错吧？也就是说，又让我去成为诱饵。"

"没错，这次就不用穿女装了。如果能够得知小林就是凶手，那么就能在现场把他抓个正着。其实，今天回家的时候我还看了一下明天的时间表，他明天也负责同一个地方。由于明天我休息，所以可以一整天监视他。我认为他之所以将车站前设为目标，是因为那里行人很多。扔水气球这种瞬间作案，比起在人少的地方，还是在人多的地方更加不容易被发现。这样一来，他应该还会选择在车站前作案。"

"我只需要站在那里就行了吧？"

"可以拜托你吗？"

"那你打算在哪里监视？"

"在哪里监视比较好呢？"

我稍微想了一下回答说："在哪里都可以，只是你绝对不要靠近麦可当劳处的十字路口。"

既然我还不清楚那场悲剧发生的具体时间，那么只好任何时候都不让弥生靠近那个十字路口了，这才是上上策。

"从一大早就要开始行动，今晚你就住下来如何？"

"你什么都不会做吧？"

"鬼才做呢！"

似乎在她心里，我就是头怪兽。当然，她的想法也的确并非完全错误。

"我知道了。"弥生回答道。

接着，我们为了做晚饭，打开了料理教室节目。我又开始尝试中午从平野雷米老师那里学会的新菜，而弥生则自告奋勇地要为我打下手，结果却接连不断地做出各种无能的失态行为。

4 文豪A时代错误的视角

说起叹息，怎会有苦甜之分呢？

然而，我觉得自己现在的叹息就是甘甜的。虽说平时一个劲儿地抽烟的男人吐出来的气不可能是甜的，但我现在的叹气果然是甘甜的吧。

在我心中，后悔的漩涡在翻腾。

三十分钟之前，我还能听到她在二楼铺床发出的声音。而二十分钟之前，上面就已经安静了下来，一切声音都消失在了寂静的夜晚中。

她睡着了吗？大概已经睡着了吧，毕竟她也累了。

不知为何，明明这么好的机会，我却没去敲响她的卧室门。

就算在这里问自己，也毫无意义。

　　或许只要一周不和女人睡觉，男人就会变回处男吧。本来今晚是敲响弥生卧室门的大好时机，我却一直磨磨蹭蹭。

　　刚才，也就是十分钟之前吧，我蹑手蹑脚地来到了二楼。我还抱有一丝希望，也许她还醒着，才这样做的。然而，我隔着拉门听到了她睡着的鼻息。

　　看来是我的决定做得太晚了。

　　"你在做什么啊？我都懒得说你了。"

　　在天花板支柱的阴影里有只大蜥蜴——原来是袴垂啊，她到底是什么时候进来的？

　　"那你闭嘴离开不就好了吗？"

　　"你知道明天是什么日子吗？"

　　"该不会是地狱绘图发生的日子吧？"

　　"我怎么知道，我也不知道那天是哪一天。我只能说，明天是八月二十四日，距离你死去的七月二十四日刚好一个月。对于接纳了芥川龙之介的世界而言，这是个特殊的日子。"

　　我完全忘记了这回事。原来如此，自我下决心死了之后，不知不觉已经过了这么久。

　　"你其实知道明天会发生什么事情吧？"

　　"嘿嘿，谁知道呢？"

　　袴垂跳了下来，随后来到我的身旁盘腿坐下。

　　"总之，你要留心。虽然她的性命很重要，可你也要珍惜自己的性命。"

　　"我的性命怎样都好。"

　　袴垂听到后笑道："连自己的性命都无法珍惜，又如何去守护他人？还有，我得好好盯着你，别让你去杀了别的什么人。"

　　袴垂说完就消失了。

真是烦人的家伙。

我会杀死别的什么人？

怎么可能。她到底在说什么啊？

我一点睡意都没有，取而代之的是，我又看到了曾经持续烦扰我的齿轮幻影。到了现在，这齿轮还要纠缠我到死吗？

我看到齿轮将弥生切成碎片。

不行！唯独她不可以——

"你不是说'性命怎样都好'吗？"齿轮问道。

"不是那样，不是那样的。"我不是在对哪个人说，而是在内心中呻吟。

5 偶像尻谷美琴的忧郁

——可恶……

最近，美琴感觉到自己的心里话变得极端毒辣。

休息室的门被人稍微打开了一些。

"该出场了，美琴。"

经纪人并不走进休息室，而是在门外喊道。

"我知道了。"

"脾气好一点嘛，你也不年轻了。就算到了引退倒计时，偶像在最后依然是偶像啊。"

——烦死人了，丑八怪，去死吧。

唉，她又变得毒舌了。

就在经纪人关好门的时候，美琴的电话响了起来。

"是我，是我！"

又是那家伙啊——

打电话来的人正是她的未婚夫。

——为什么我非得和这种男人结婚不可啊……

"你很讨厌我吧？"

"与其说是讨厌，不如说觉得你很恶心。"

"不管你讨厌我还是恶心我，都无所谓。但是，这正意味着你喜欢我。"

"你什么意思？"

"也就是说你非常在意我。这也意味着你在我身上看到了自己内心最丑陋的部分，所以才不想看到我。但是反过来说，正因为我这样，你才能向我展现你不敢在别人面前展现的一面。对了，就是你那种冷淡的眼神，还有苦笑。任何人都不会想到，尻谷美琴身为一个偶像，居然会露出如此冷淡的眼神。正是因为你讨厌我，你才会对我做出这种表情。也就是说，只要你和我在一起，就可以随心所欲地做任何表情。"

在某个节目的庆功会上，美琴喝酒的时候，这个人一直在她旁边说些莫名其妙的话，大概说了一个小时。或许就是因为这样，她才会变得奇怪吧。

之后，她失去了意识。等她醒来时，发现自己正待在某个酒店的房间里。接着，她收到了短信——"今天的事情我不会告诉任何人，希望你今后也能继续讨厌我，结婚吧。"她不清楚自己是否被侵犯了，只是她绝不可能主动去追求那个男人。

这次经历让她想吐。没错，就是想吐。

但是，后来她还是见了那个男人第二次、第三次。她很害怕，但可能又并非只是如此。恐怕她被那个男人灌输了什么思想。

她觉得那个男人很恶心，并打心眼里讨厌他。

但另一方面，她又觉得，能当面表现出厌恶的情绪，莫非也是一种喜欢？

今天也有个过去倾慕自己的人打电话过来，不厌其烦地炫耀自己的恋情。那家伙一点都不明白自己的心情。

自己没有任何与恋人的话题好说，大概在今后的人生里也不会有吧。自己一定会就这样度过一生。

不过也好，即使现在当一个偶像，也没有发生任何值得开心的事情。干脆早点进入棺材里面，还更痛快一点。

那样的话，就不用被那个经纪人抱怨了。

她接通了电话。

"请问是谁？"

"美妙的罗生门计划要开始了。美琴的《Orange Angel》会在上午十点于田端车站前播放。那就是'觉醒'的暗号。"

"我的歌？"

"没错，以此为契机，世界将改变。在今后的世界里，人们不需要再忍受任何事物。"

"恶心……我挂了。"

美琴挂断了电话。她只觉得全身都起了鸡皮疙瘩，同时感觉自己做了一件大错特错的事情。

她重新查看了一下手机短信——"世界将改变，今后的世界里，人们不需要再忍受任何事物。

《Orange Angel》是以芥川龙之介所著的《橘子》为主题的歌。"就像那天，将橘子扔过来的孩子一样，我也要放空这份心情，之后一切才会开始。"这是某个少年为解放恋情而歌唱的歌曲。

然而，那首歌却要被用在完全不搭边的事情上，真是令人难以忍受。

虽然为时已晚，但美琴终于明白一切都错了。和那个男人结婚这事自不用说，讨厌就是喜欢这种诡辩也是错误的。

讨厌就是讨厌。即使意思可能被替换，即使历史会被篡改，但自己的内心，却不会被那种诡辩误导。

美琴拨出电话，对方却一直不接。尽管如此，美琴依然不停地拨号。

6 内海弥生略带狂热的观察

极度睡眠不足的少女，在此登场！

虽然这天早上比平时还要热，但也有可能只是因为我睡眠不足，晕乎乎的，才觉得更加暑热吧。

结果，昨晚什么都没发生。听到从拉门外传来脚步声时，我心跳得飞快，慌乱之间就假装睡着了，故意发出睡着的鼻息。之后，脚步声就远去了。

唉，我这个笨蛋……就算骂自己也于事无补。我因为后悔而闷闷不乐，脑子里一团浆糊，再加上这盛夏的暑热，我感觉马上就要倒下了。

然而，这么说也没用，决战的日子并不会根据我的身体状况而改变。

今天是进行诱饵调查的日子，说不定我们能让小林的真实身份暴露。

我已经在田端飞鸟乐塔一楼的熊猫咖啡店监视一个小时了，老师也差不多要出现在十字路口了。

太阳逐渐升高，建筑物的影子也变得越来越长。如果说这座城市有一个众神降临的时间，我想可能就是现在了吧。

因为老师叫我不要靠近十字路口，所以我就在稍微远离十字路口的这家咖啡店里关注着外面。可是，在这里的话，就算小林出现，朝老师扔了水气球，我也没办法马上追上他，这可如何是好呢？

算了，毕竟我还有个武器——手机。只要拍下决定性的画面就足以成为证据，即使万一没有拍到，只要能目击到小林的犯罪行为，之后报告给警察就好。就算他不承认罪行，只要搜到他随身携带着的水气球，那就是铁证。我心想着这些事情，用手在包里翻来翻去。不好，我把最重要的手机忘在老师家里了。

怎么办啊？这下可麻烦了……为了不被警察发现，老师在嘴边贴了假胡子。早上出门的时候，我看过他贴假胡子的模样，只觉得和服配上假胡子反而更加显眼。希望不会又惹来警察询问才好。

就在我这么想的时候，老师终于出现了，谨慎地四处张望。虽然他可能是在担心警察出现，但是这样动作太可疑了。

——别再继续了，会露馅的。

我这么想着，担忧地看着老师。

老师从袖子里慢慢拿出香烟，叼在嘴里。虽然平时在家我没怎么放在心上，但像现在这样在远处看，才发现他吸烟的神态与芥川大人那张有名的黑白照片极为相似。即使老师嘴边贴着假胡子也掩饰不了。

果然，不管怎么看，他都是芥川龙之介本人。虽然这是不可能的事，但我始终无法接受眼前的人不是芥川龙之介本人这个事实。

啊，原来换成彩色照片的话就是这样的啊——我怀抱着这种奇妙的感慨，目不转睛地看着老师。

就在这时，小林出现了。与其说没想到，不如说在意料之中。

小林正骑着越野自行车从车站方向朝麦可当劳方向而去，接着，他刚好来到老师身后停下了——他们都在等待红灯变成绿灯。

他是打算过马路吗？老师瞟了一眼身后的小林，看来他已经察觉到了小林。而小林似乎根本没有想过这些，只是用一只手在包里蠢蠢欲动地摸索着，想必他正在摸包里的水气球炸弹吧。

而就在这时，发生了突变。

老师做出惊人的行为，使得小林还来不及扔出水气球炸弹。

"呜哇啊啊啊啊啊啊啊啊啊啊啊啊啊啊！"

老师发出的声音响彻云霄，深深地印刻在东京城里。

接着，老师留下惨叫声，朝小林过来的反方向跑了过去。

这时，我想到了"芥川大人曾受齿轮幻影所烦恼"这一事实。而老师打算完美演绎芥川大人，那么他也会害怕自行车。

7 文豪A时代错误的视角

齿轮又来追我了。

生前一直缠在我眼球上的齿轮终于还是来捉我了。

我患上了一种叫作"齿轮恐惧症"的病症，看见齿轮就想逃跑，否则就会坐立不安。毕竟，那两只高速旋转的齿轮，确实是冲着我来的。

我本是朝车站的方向跑去的，跑过那里的U字形的巨大拐角后，我跑回了与原来相反的方向。然后我看见弥生大摇大摆地从咖啡店里走了出来。明明我跟她说了那么多次，不要出现在十字路口。

她一看到我在看他，就急忙躲到柱子背后。已经晚了，我看到她了。但不巧，我现在没空管这个了。

毕竟，齿轮到现在还跟在我的身后。

"呜哇啊啊啊……"

我发出的惨叫听起来实在是太不中用了，连我自己都没想到我会发出这种声音。但我还是一个劲儿地逃。

车轮似乎认为与其绕路，不如从原来车站那边逆行到我这里更加直接，便和我并肩奔走起来。而操纵着那两个车轮的，正是被弥生叫作小林的男人。小林如今仍操控着车轮朝我奔来。

不久，我和小林几乎同时来到十字路口。

该怎么办？

车轮太可怕了，我可不敢只为了被水气球淋湿就靠近车轮。即使他毫无疑问就是那个"水气球炸弹狂"，我也还是无法克服对车轮的恐惧。

龙之介，你还打算继续这个作战计划吗？实在是没有什么胜算啊……

我调整呼吸静止不动。

嗯？

糟了，我这时才发现，我没有叼着烟。恐怕是在奔跑的时候从口中掉落在路上了。

这样一来，我就不能成为诱饵了。方才我是想吸烟才被他盯上的，那现在小林岂不是已经不管我了？

事实上，仔细一看，小林已经没有看我了。

他失去目标了吗？我把手指插进口袋摸出烟盒一看，却是个空盒子。这么紧急的时候却没了，真是失策。

这样下去，就无法找到小林就是"水气球炸弹狂"的证据了。

就在我这么想的时候，突然发现身旁有个老太婆，她正提着一个很大的袋子。我不清楚里面装着什么，但她看上去非常小心。

或许她只是个提着重东西的老年人吧，但这时我的脑海中却清晰地浮现出那幅地狱绘图。

如果那幅地狱绘图发生的时间正是今天——

如果这个老太婆正是那个"剪头发的老太婆"——快回想起来，回想起她的背影，瞧啊，这乱糟糟的白发，不正是那时的老太婆的头发吗？

"老婆婆，我来帮您提袋子吧。"

我觉得我应该这样做，虽然抓住"水气球炸弹狂"很重要，但既然我现在手上没有香烟，就无法成为诱饵了，所以计划也只能告吹，没有必要执着于这个计划。

"总是麻烦你，真是太感谢了。"

总是？

虽然我感到有些惊讶，但马上又想通了。也就是说，这个老太太记忆力不是很好，所以她一被人帮助就这么说。一定是这样。

老太婆深深地鞠了个躬，看来"剪头发的老太婆"对待除了猎物之外的人还是很守规矩的。

"不过没关系，这点东西我还是提得动的。"

我不顾老太婆的谦让，毫不退缩："老婆婆，别这么说嘛，让我来提吧。"

"这样啊……那就不好意思了。要是我的儿子在身边，这个手提袋就能让他来帮我提了。"

红绿灯一变成绿色，老太婆就又道了个谢，驼着背往前走。

我看到她的手提袋里有一个银色的物体闪烁着光芒。

两个圆环紧贴在一起，连接着同一个躯干。那个躯干十分锐利，不论什么都能剪断，有时还能伤人。

　　我打算等这个老太婆过了马路再去抓住她，让她承认这一连串犯罪行为，之后就把她交到派出所去。

　　只要抓住了"剪头发的老太婆"，就不会出现我在罗生门看到的那幅地狱绘图了。

　　我紧紧抱住她的手提袋，把手放在她的背后为她引路。

　　这样一来就结束了。之后呢？我也不知道。但至少弥生暂时不会有生命危险了，这样就好了。

　　这样就——

　　就在这时，我不禁怀疑起我的眼睛来，一个长发女子从我身边跑到前面去了。

　　那正是弥生。

　　——这是怎么回事？为什么她要做如此危险的事情？

　　我这么想着。但在那之前，老太婆就从我拿在手中的手提袋里取出了银色的东西，并将手指穿过两个圆环。情急之间，我将手提袋缩了回来。但银色圆环还是离开手提袋，到了老太婆手中。

　　事到如今，谁都能看清那是把剪刀了。

　　剪刀笔直地朝弥生的头发而去。

　　在我的脑海中出现了弥生倒在血泊之中的场景，原来就是指这个瞬间吗？在那时，我看到"剪头发的老太婆"打算去剪弥生的头发。就在这时，弥生回过头去。"剪头发的老太婆"心里一慌，就将剪刀刺进了弥生的胸膛。

　　我怎能眼睁睁地看着事情发生？但我刚想动，就觉得手脚仿佛被人束缚住，无法动弹。这时，有人直接朝我的意识说话——而这人并非袴垂，而是一个男人的声音。

　　他说："什么都别做，就这样看着吧。只要你把这个瞬间铭记于心，就又能写出厉害的小说了。你不正期待着这个吗？就如同《地狱变》的主人公所做的那样。你要记下这一瞬间，回到家提笔写下来。这才是艺术家的使命。"

我被他所说的话动摇了连一秒钟都不到，就马上用"闭嘴"还击，击退了他的声音。结果，我的身体又可以动弹了，真是不可思议。

慌张之下，我松开手中的手提袋，往前奔去。

我用身体挡住了"剪头发的老太婆"的剪刀，接着剪刀便直直地刺进了我的胸膛。

"呜……"

这样就好，这样就——

"老师！"我听到了谁的呼唤，但是声音非常遥远。就算被她抱在怀里，我也只觉得这仿佛是发生在别人身上的事情一般。

唉，这样一来，我终于能如我所愿地死去了。

一切都回到了正轨。

接纳了我的未来，一定也会得以修正，回到正确的道路上吧。

"老师！老师——"

弥生的声音在我缥缈的意识之中回荡。

在被弥生抱住的时候，我有一种奇妙的感觉——仿佛她的身体与我的身体互相呼应，连思维都重合在一起。她的想法传入了我的大脑，与我的思维浑然一体。

但一切还没结束，即使阻止了最初的萌芽，即"剪头发的老太婆"，地狱绘图般的惨剧仍会继续。

偶然重合的瞬间这种东西的确是存在的。

当一件事与另一件事偶然同时发生，那么是偶然地单独发生，还是必然地连续发生呢？

话又说回来，区分必然与偶然真有意义吗？

比如说，那时我们经历的事情有可能是这种偶然的重合，但反过来说，也可能是必然的重合。

就眼前的情况而言，此时刺穿我胸膛的"剪头发的老太婆"正打算逃入人群之中。而就在她打算一如既往地"消失"在人群之中时，灾厄降临了。

有个穿女装、满面胡须的男人朝"剪头发的老太婆"的头顶伸出去，接着她的头发就被全部拔掉了。

面对这压根没预料到的情况，弥生不禁呆住了。但对我而言，这却是合乎我推理的情况。为什么"剪头发的老太婆"每次都能逃脱追捕呢？对此我也进行过推理，而我的答案正与当前的情况一致。

她的头发不是被拔掉了，而是被取下了，因为那其实是假发。

接着，抢走假发的男人从口袋里拿出芝宝打火机，当场点燃了假发。

他正是"烧假发的男人"。

假发一开始还只是冒着烟，但逐渐火势变大，火焰包住了整顶假发。

假发终于燃烧殆尽，像铁屑一般落到地面上。

这一切仅仅发生在五秒钟以内。

"啊啊啊啊啊啊啊，我的……我的头发……头发啊啊啊啊啊啊啊啊！"

"剪头发的老太婆"抱住光秃秃的脑袋，发出惨叫。

失去假发的她，看起来就像个随处可见的老头。人类到了一定岁数之后，就会难以区分性别。虽然可以通过服装、声音、发型等进行区分，但现在的她看起来就跟平时我们看到的"老大爷"没什么两样。

这正是本来跑不快的她至今为止都没被抓获的理由。只要她化身"老大爷"，混入人群，就根本无法找到她。

反观"烧假发的男人",他面对如此惨状却在不住地冷笑。

他肯定毫无犯罪意识,这个"烧假发的男人"对"剪头发的老太婆"的惨状发自内心地蔑视。不仅我感受到了这一点,弥生似乎也如此。"太过分了,让人作呕。"弥生的内心活动传到了我的意识之中。

"秃头老太婆,这是你罪有应得。"

"烧假发的男人"口吐狂言,甚至在一句话里用了两个歧视性的词汇。他仍把烧成灰烬的假发捏在手中,还不住地把弄手中的芝宝打火机,点着火玩。被烧成灰烬的白发,正如我在地狱绘图中见到的白色绒球一般。

明明我已经意识模糊,却在脑海中听到血管裂开的声音,感觉自己的愤怒仿佛也传染给了弥生。

然而很不凑巧,弥生现在还要抱住负伤的我。行人们大多注视着我们,反而对那个男人的行为不为所动。他们是觉得,这只不过是熟人间开的玩笑吗?不,不可能会是这样。他们只是假装没有看见而已。

"没事吧?我马上去叫救护车。"

行人们既不去追"剪头发的老太婆",也不去抓"烧假发的男人",而是把弥生和我围在了中间。看来,还是叫救护车比较要紧,而这样也更符合正义。但是,弥生只是含糊地回复那些行人,自始至终都没有把视线从准备逃走的"烧假发的男人"身上移开,就像想将那个男人的身影牢牢印在眼底一般。

但是,仅在一瞬间,又突生异变。

"烧假发的男人"的身体被水给浸湿了。原来他被人往身上扔了一个水气球。

扔水气球的人是小林,他果然就是"水气球炸弹狂"。一定是

"烧假发的男人"把玩芝宝打火机，小林才将他当作猎物。虽然我充当诱饵的计划失败了，但他又偶然寻找到了新的猎物。

然而就在这时，小林又被身后的男人用铁棒殴打了⋯⋯

那是个年轻的男子，看年龄应该还是学生。

他从小林身后用铁棒打了三次，然后吹起口哨继续殴打，就像是在打扫灰尘一样。

弥生把我轻轻放在地面，朝男子的方向缓缓走去，而我只能奄奄一息地看着她。

"不许你继续施暴。"

光是从弥生的背影我就能感受到她汹涌翻腾的怒火，以及她的想法。

男子还在笑，但当他察觉到弥生之后，就将笑容转向了弥生。还是个学生啊。他毫不介意自己的行为，自以为独善其身，自以为无所不能。简而言之，就是任何人在学生时期都会散发出来的恶臭。

"怎么，你有什么意见吗？我爸爸可是政治家！"

"小鬼头！关你爸什么事？"

青年朝弥生伸出手来，弥生则顺势抓住他的手，紧接着就来了一记过肩摔。她这一记过肩摔，可比我的要厉害多了。说起来，她好像说过她在高中时期参加过柔道部什么的。

然后弥生又跨坐在青年的身上想把他固定住，但并没有这个必要，他已经翻着白眼口吐白沫了。

"能请你们叫一下警察吗？"

弥生朝刚才呼叫救护车的人群说道。与此同时，周围的人潮才终于动了起来。

要是他们能再多参与一些，事态也不至于发展至此了。

要说最大的凶手，难道不是只默默看着这一连串事情的群众吗？而且，只有我知道，如果被刺伤的不是我而是弥生，那个"专打配送员的人"也不会被摔倒在地，站在这里的群众也都会化作暴徒。事情之所以没有发展至此，是因为被刺伤的是我，还是因为弥生的那一记过肩摔，或是因为不知为何没有像那幅地狱绘图所描绘的那样，这里没有响起那首乐曲呢？

我交替看了看从口中和从胸膛流出的血——我已经撑不久了，只能到此为止了吗？

我的视线变得模糊……终于，我失去了意识。

8 内海弥生的电话粥

真是糟糕的经历，我感觉我都要讨厌起那些群众了。算了，总之就是因为这场经历，还有我忘记带手机了，所以才没能及时和你联系，对不起。

学姐，我再多说一会儿吧。

嗯，虽然案件本身就挺让人辛劳了，其实还有后话。

你问老师是否平安无事？嗯，还好，毕竟没有受到致命伤。

当天傍晚我就带他回家了。你问怎么没有住院？就是说嘛，一般来说都是要住院的吧？其实真的很有必要住院。

可是老师明明意识都还不清楚，却叫着要回家。我只好拜托医院的医生，好不容易才办了出院手续。

但也不是出院就行了，毕竟老师现在正躺在被窝里，而我需要看护他，除此之外还有警察在我身边不断问问题。我还是第一次经历这种事情，要是再多来几次，我可会头痛死的。

真是的，虽然我也觉得在这种时候不要打扰老师比较好，但毕竟警察也有职责在身。

那个警察乍眼一看皮肤挺不错，看来也就四十来岁，但靠近了看却发现他身上已经有了不少岁月的痕迹。他好像就是附近派出所的所长，肚子突出，而且似乎工作很辛苦的样子。

他对我说："简而言之，这位先生看你快被'剪头发的老太婆'剪掉头发，所以出手相助。穿女装的男人其实另有其人，他把老太婆的假发抢走，接着逃掉了。那个女装男人刚好拿着芝宝打火机，因此被拿着水气球炸弹的配送员当成了目标。之后，那个配送员又被'专打配送员的人'的学生殴打了……我说得对吧？"

我回答："没错。"

因为确实是这样，所以我也只好这样回答。

"虽然这起案件非常离奇，但多亏了你的见义勇为，我们才能抓获被夺走假发的'剪头发的老太婆'、全身被淋湿的'烧假发的男人'和被殴的'水气球炸弹狂'。这可谓是近日让我们警察头痛不已的奇案前三名，你居然能一下子解决，真是非常感谢……"

啊？是啊，多亏了我那一记过肩摔，那个袭击骑越野自行车者的狂魔才被抓住。除此之外，警察还及时赶到现场，接连抓获了其他几个凶手。

我问警察："那个，最为关键的是，那个殴打骑越野自行车的人的学生被逮捕了吗？就是那个被我摔在地上的看起来像是学生的男子。"

我最在意的就是这一点。因为有人看到其他凶手都被警察逮捕，唯独那个学生被救护车送走了。看来是我那记过肩摔太厉害了。

对了，听我说，我想学姐也一定会很气愤。

"关于这件事情……"警察皱起眉头，似乎不太方便说的样子。接着他又压低声音说，"这件事情，能请你忘记吗？"

"什么？"

"毕竟他还是个很有前途的未成年人。"

"就算是未成年，该逮捕还是要逮捕的吧？他用铁管殴打了人啊，你知道吗？"

"话是这么说……毕竟他也是初犯……受害者也有朝别人扔水气球这种罪行，所以就当在正当防卫的范畴内吧。"

面对毫无关系的人，正当防卫能生效吗？这样不会很奇怪吗？于是，我想起我将那个青年摔倒在地之前他说的那句话，便问："是因为他是政治家的儿子吗？"

警察的反应不出我所料。

他说："对不起，这个话题就到此为止吧。"

学姐，对于警察的应对，你怎么看？你不觉得这样实在太卑鄙了吗？难道说，罪恶有权利在背后撑腰，就不是罪恶了吗？那个警察居然直接跳过了话题。

"先不说这些，内海小姐，我有些在意，你为什么会在那种地方呢？我唯独对这一点不能理解。"

把那么明显的坏人丢在一边，却说得好像我才是嫌疑人一样，真是笑死个人了。啊，好久没有听到我说"笑死个人"了？真是的，别逗我了！我真的很生气。你问我是怎么回答的？那我当然是无比诚实地回答啊。

我说："几天前，我进入一家配送员公司打工，在那里遇到了一个叫小林的人。我觉得他很可疑，就和老师一起去进行调查了。"

"原来如此，你口中的老师，正好就是前几天因为穿女装，被警察误以为是凶手并遭到通缉的人吧？"

这个警察似乎在看到老师的第一眼，就认出他是他们正在通缉的穿女装的男人了。

"哎呀，这种事情就不必多说下去了。既然凶手已经落网，再继续深究下去也没有意义。"

乍一看话题好像对我们非常有利，但实际上并非如此。最重要的就是"凶手已经落网"这一部分，看来他们无论如何都想护住那个政治家的儿子。

我很迷茫，心里不希望就这样按照他们的方式去解决，但最后我还是觉得这些事情都无所谓了。毕竟靠我一个人的力量，什么都做不到，就算和他们一直斗下去也无济于事。比起这些，最重要的是老师终于恢复自由之身了。

所以，我重重地点了点头。警察可能觉得这是对他的极度肯定吧，于是话题一转，说起了昏睡中的老师。

"说起来还真是不可思议，这位先生的睡脸，不觉得和芥川龙之介一模一样吗？"

我不禁感到惊讶，没想到这种人也知道芥川大人的照片。我看着老师的脸庞，肯定了警察的话。

"是啊，简直一模一样。"

"也不知道是什么缘故，这一连串案件被人们称为'罗生门现象'。我没想到，这几起案件的凶手居然会偶然地在同一天同一个地方作案。难道这一切都是芥川龙之介的引导吗……我看到这位先生的容貌后，就不禁产生了这样的想法。对芥川而言，田端是一个缘分很深的地方啊。"

"说起来，'剪头发的老太婆'在那之后怎么样了？"

她被现场逮捕了，但是老师在被救护车送走的时候，对警察说："是我自己不小心用剪刀刺到自己的，并不是那个老婆婆的错。"你觉得他很帅？嗯，也是，没错，我也觉得很帅。

当然警察也没有那么傻，不可能全信老师所说的。但既然受害者自己决定不告发，那么我想警察也就懒得插手了。

警察听到我的问题后，说道："这次由于这位先生的证言，我们决定不对那位老人家进行逮捕。所以，刚才她的儿媳妇已经将她接回家了。"

说完，警察站起身来敬了个礼就道别了。我也终于解脱了。

在确认警察已经离去之后，我又看着老师的睡脸。有没有亲他？才没有呢，学姐就知道开我的玩笑。其实，那时我不知道老师到底还有没有生命危险。在医院的时候，医生也说老师尚未处于安全状态，因此不建议出院。都是因为老师坚持要回家，最后医生才决定允许出院的。

我看着老师的脸庞，觉得不能再对自己的感情撒谎了。唔，虽然有点不太想跟学姐说起，谁让学姐老是捉弄我……但是，嗯，我想我爱上老师了。当我握着老师的手，祈祷老师不要死的时候，我发现我对老师爱情的种子已经深深埋在我的心里了。

我对老师的感情，并不是喜欢外表那么肤浅又虚假的爱情。我已经和大学时期的我完全不同了。我并不是因为老师长得像芥川大人才喜欢他，我喜欢的就是原原本本的他。

甜蜜的爱情听饱了，承蒙款待？不不不，粗茶淡饭而已。

不，话题还没结束呢。

就在那时，老师的眼皮突然动了一下。

"老师？"

"呜……呜……"

"你没事吧？"

"弥生，你已经吃不下了吗……"

看来他是睡糊涂了，似乎梦里还在做料理请我吃呢。

"老师，今晚就由我来做饭吧。"

"才不要，我想做饭。"

"我听不明白你在说什么，你都受这么严重的伤了。"

说到这里，老师才睁开眼睛醒了过来。

"呀……你怎么在这种地方？"

我没想到，他只是看着我，就让我如此心动不已，连我自己都吓了一跳。说起来挺不好意思的，那时候我完全不知道该怎么处理我决堤的泪水。

"我在这里等老师啊。"

"等我这个落后于时势的男人吗？"

"是的。"

"这里是家里吗……"

"你都不记得了吗？老师怎么都不肯上救护车，我们费了好大劲儿才拉你去医院接受治疗，之后又改成回家疗养了。由于找不到保险证，所以医疗费用挺高的。"

回家后我也找过了，却哪里都找不到保险证。果然"茶川"有可能只是个假名，但他为什么要隐瞒自己的真名呢？莫非被通缉了？哦，搞不好是为了躲债才舍弃了之前的户籍……算了，理由能想出多少就有多少。但是，不管怎么样，我总有一天要从老师口中问出真相。

"总之，你没事真是太好了。"

老师微笑着点了点头，然后握住我的手。可没几秒钟，他又睡过去了。

不过，我总算是放心了。

就算没受到致命伤，出血量也不可小觑，我是发自内心地为他

189

感到担心。

我握住老师的手，忽然摇了摇头。

在我想做"剪头发的老太婆"的诱饵之前，老师就发现了那个老太太就是"剪头发的老太婆"，正因为如此他才故意向老太太提出帮她提手提袋。

不，最让我惊讶的是，我是突然想到去当诱饵引诱"剪头发的老太婆"出现的。可是老师在一瞬间就发现了，还为了阻止"剪头发的老太婆"而闯入我和"剪头发的老太婆"之间。

这简直就像老师早就知道昨天会发生那些事情一样。

啊，时空穿梭？

啊哈哈，学姐，你电影看得太多了。

只是，人类似乎有时候会提前预知到未来会发生的事情。不是还有分居两地的双胞胎，住在装修相同的房子里，和姓名相同的异性结婚，还养着名字相同的狗，甚至连二婚对象的名字都一样这种故事吗？或许，人的一生早就被安排进大脑里了吧。

如果真是这样，说不定老师在昨天真的改写了未来。

啊，好像话题有些超脱现实了，明明这就是事实。算了，总之就是这样，老师还安好。还有，嗯，我喜欢上老师了，我承认了。承蒙款待？刚才你都已经说过了。粗茶淡饭而已。结婚？这也太心急了吧？我们都还没开始交往呢。

嗯，我也不知道。总之就是这样，我今天打算去把野方的房子退了，再回到老师身边。

就到这里了，我也准备出门了。好的，我还会再给你打电话。啊，阿美学姐，下次演唱会要加油啊。

啊，你决定不引退了？结婚也取消了？

这，这真是！这，这是值得庆贺的事情？学姐开心就好……这样啊。我明白了。那就恭喜你！

我会期待你今后的表现！

毕竟学姐现在可是全日本——不，全世界的尻谷美琴嘛。

9 内海弥生略带狂热的观察

今天是老师回到家里的第二天。

他看来也恢复得差不多了，开始跟我撒娇说想喝粥，要我帮他开电视什么的，真是为所欲为。算了，这也证明他变得有精神了，于是我尽可能地满足他的要求。

不过也许老师还没有恢复到平时的状态吧，中午刚吃完山芋粥，他就感到困倦，于是我就服侍他躺下了。

趁他睡下的时间，我去医院支付老师被送到医院的治疗费用。毕竟事出突然，那时身上完全没带够钱。

就在这时，突然有人从我身后向我搭话。

"那个，莫非你与前几天的案件有关吗？"

我吃惊地回头一看，看到了一个不认识的中年妇女。

"我在新闻上见过你。"

"哦……"

我上新闻了。因为就结果而言，我那一记过肩摔解决了好几起案件，使凶手一举落网。新闻标题还说"过肩摔女孩勇夺头功"什么的，真是羞得我脸上都要冒火了。

说起来，那个中年妇女似乎和那些好奇心旺盛的阿姨不同，她并非单纯因为发现我是"过肩摔女孩"才向我搭话的。

"前几天，我的婆婆给你带来了大麻烦，我都不知道该如何向你道歉……"

我正不知所措的时候，她自我介绍说她叫生田志乃，是"剪头发的老太婆"生田佳代子的儿媳妇。

"其实，经过前几天的案件，加上警察的劝告，我带婆婆去医院进行了检查。果然她因为上了年纪，患上了精神方面的疾病。实际上，她得的是老年痴呆症，而且病情远比之前的要重。今天我带她来医院，就是为了做更仔细的检查。"

"原来如此……这样挺好的呀。说起来，佳代子婆婆是和你们夫妻一起生活的吗？"

"不，"志乃低下头，"我的丈夫已经去世了，是在多年前被一个女跟踪狂杀死的。那个杀人犯的头发很长，之后婆婆就老是说不想见到长发女人。可我没想到，她居然会做出这种事情来……"

原来是对杀死自己儿子的凶手的憎恶，造就了"剪头发的老太婆"吗？

"能请你原谅我的婆婆吗？对于从小失去双亲的我而言，现在她是我唯一的亲人了。我会好好看着婆婆，不让她再做出这种事情！"志乃深深地低下头来。

"请你抬起头来。茶川已经进入恢复期了，他自己也说希望将这件事处理成是他自己刺伤了自己，所以这件事情已经过去了。"

即使我这么对志乃说，她还是不改抱歉的态度，再次低头道歉之后才转身离去。

我在那时想起了有一件事情要问她。她的头发很短，而且不太整齐，应该不是去美容院理的发。

于是我朝正准备回去的志乃的背影说道：

"我有一件事想问问你。"

"是什么呢？"

志乃停下脚步，转过身来。

"的确，我能明白儿子被跟踪狂杀害让人很受打击。但在那之后已经过去很多年了吧？"

"嗯，所以说是老年痴呆症的问题……"

"这我也清楚。但她是突然变成这样的吗？有没有什么契机呢？她是从什么时候开始用剪刀去剪掉长发女人的头发的呢？"

"这……"

志乃不知道说些什么好，但我感觉我的问题直击核心。于是，我决定再深入一些。

"你的头发看起来挺短的，而且不像是在美容院理的发，莫非你婆婆第一个剪掉头发的人就是你？"

志乃沉默了。过了一阵，她就像是放弃了一般地说道：

"是的。婆婆最早袭击的人就是我。我也一直不明白契机到底是什么。但是，前天发生了那起案件后，我接到了警察的通知，赶往事故现场。当我看到茶川先生被紧急搬运到救护车上的时候，我不禁觉得很奇怪……因为太过相似了。"

"相似？哦，你是指他长得很像芥川龙之介吧？他经常被人这么说。"

志乃却摇摇头说道："不是，我是指他和某个警察长得很像。"

"警察？"

"是的，我的婆婆一直都是一个人居住。我每周都会找个时间去探望婆婆，帮她买日常所需的物品。但那时还有一个年轻的警察经常到婆婆家里嘘寒问暖，真的帮了不少忙。茶川先生和那个人长得极为相似……"

和老师长得非常像的男人——想到这里，我感觉后脑勺仿佛被人重重地敲了一下。

明明现在是盛夏，我的脑海里却白雪茫茫。

紧接着，我的记忆大门打开了。

是那家伙吗……真的是那家伙吗？

我继续对志乃问道："那个警察都做了些什么事情呢？"

"据我婆婆所说，他不仅经常帮忙料理婆婆的家事，还常常听婆婆说以前的事。"

"以前的事，是关于儿子被人杀害的事情吗？"

"嗯……由于并不是什么美好的回忆，我希望婆婆尽可能不要再提起，也把这个想法告诉了那个警察。结果，警察却说：'憎恨还是发泄出去比较好，一直埋在心里才是最不好的。'"

"憎恨……发泄出去比较好？"

"那个警察很亲切，还教我们心理疗法……"

"警察很亲切？"

"嗯，就是在那之后没几天，婆婆突然袭击了我，还剪掉了我的头发。我也觉得很奇怪……"

"那个警察有说他在哪个派出所工作吗？"

"说起来……他什么也没说……"

"知道他住在哪里吗？"

正常来说，会常去照顾老人的话，应该就是附近派出所的警察。

离那个警察住处最近的派出所，就是这一连串案件的舞台——田端。但那个警察上班的地方并非是在车站前，而是离车站更远的一个派出所。

我把警察的地址记在便签上就离开了医院，接着马上乘坐出租车去了那里——田端第二派出所。

然而，派出所里一个人也没有。当然这对一个小派出所来说并不稀奇，警察一定是出去巡逻了。

我决定在派出所等警察归来。这时我想起了老师和"剪头发的老太婆"之间的对话——"总是麻烦你，真是太感谢了"。

我当时还觉得她说的"总是"有些奇怪，现在就明白了。

那是因为"剪头发的老太婆"将茶川错认成这里的警官了。

终于，一辆白色自行车来到派出所前停了下来，接着从自行车上下来一个警察。

身穿警服的男人长得和芥川龙之介别无二致。我朝那个男人说："好久不见，七斗。"

而我的前男友——泡塚七斗那和芥川龙之介一模一样的脸露出僵硬的笑容，同时摘下了帽子。

10 内海弥生略带狂热的观察

"你怎么知道我在这个派出所上班？难道你在跟踪我吗？"

七斗用轻蔑的眼神看着我，走进派出所。他来到椅子跟前弯腰坐下，再把双脚放在桌子上。

明明长着同样的脸，老师和七斗做表情的方式却完全不同。而多年前的七斗和现在的七斗也不一样。现在的他比以前显得更加冷漠，更加无情，他笑着的时候让人觉得他就像一条蛇。

"抱歉，我忘记你的名字了。"

忘记名字了？连交往过的女人的名字都忘记了？他这话是认真的吗？

"我是内海弥生，在大学曾和你交往了四年。"

"哦，就是我在大学时同居的人啊。芥川狂热者的小姑娘，你过得还好吗？要不要我再陪你玩玩啊？"泡塚七斗用手抬起我的下巴说道。

"别碰我。"我立马后退一步，远离七斗。

我并不是害怕和他重归于好，而是感觉他仿佛换了一个人。

这个男人……虽然是七斗，却又不是七斗……

我一边提防他，一边向他提出疑问："你为什么要去那个儿子被跟踪狂杀害的老婆婆家里巡逻？"

"作为警察的使命啊，这不是理所当然的吗？"

"但是，你却总是旧事重提，让她想起对过去那起案件的不好回忆，没错吧？明明老婆婆想把那些回忆都忘掉，你还经常向她提起那件事……"

"你就是为了问这些才来这里的吗？"七斗嘲笑道，接着取下警察帽套在手指上转起圈来。接着，他又把警察帽一扔，刚好挂到办公室的衣帽架上。

"成功了！"七斗摆了一个胜利姿势，"我还以为你忘不掉我呢，真是让人失望。"

我差点就忍不住骂他"不要脸"了，这是我曾就读的高中里的女孩子们的口头禅。

我再次向他问道："回答我，你有什么目的？"

"目的？没什么，我只是觉得无聊罢了，每天都好无聊。在那时，我对田端三十多个老太婆都做了差不多的事情。那个老太婆并不特别，我只是想放牧罢了，我是指那些心里积攒着阴暗情绪的家伙。"

"放牧？"

"该说是野生化吗？总之就是，这个国家的人们都很累了，所以我才去放牧。只要暴徒增多了，从他们之中一定能产生一丝希望。总之就是先放牧，这样才有后文。"

我不禁后退了一步——七斗在大学和我交往的时候就是一个

肤浅的人，但还没有人渣到这个地步。

该说他是进化了还是退化了？我也不知道。

总之他已经变了一个人，不再是那时的七斗了。为什么七斗会变成这样呢？

"就连你喜欢的芥川龙之介，不也在《罗生门》中提倡人们解放人类的野蛮精神吗？他就是这个意思吧？关于这起案件，电视上的记者也是这么解说的吧？你不也曾经常把我叫作芥川大人吗？"

的确，那时的我就是个芥川综合征晚期患者。我应该也曾把他错叫成芥川大人吧，但是——

"但是，芥川的《罗生门》才不是你想的那样呢……"

我怒不可遏，话都说不完整了。

我没想到，一切罪恶的种子，都是曾经的恋人埋下的。

"我可没做什么值得被问罪的事情啊，都是那些家伙自己去接连犯罪的嘛。我所做的，只是每天四处播种而已——播下罪恶的种子。我只是和他们聊聊天，指引他们解放内心中讨厌的感情和回忆。我会告诫超速的年轻人不要用速度来发泄愤怒；告诉邻居不要用水气球炸弹扔别人身上，被追到的话会立马遭到逮捕；还会跟为了下次选举来到派出所打招呼的政治家说，和青春期的孩子交流的时候多跟孩子说'有什么事情爸爸会帮你顶着'……这一切都只是在交流的范畴以内。"

原来所有罪恶的种子，都是这个男人埋下的啊。这绝非偶然——那些人之所以会集中在那一天去那个地方犯下罪行，并非偶然，一切都是因为七斗。

"就是因为你，那些人才会决定去犯罪。"

"只要他们内心中的憎恨能够得到回报，又有什么不好的呢？"

"回报？"

"比如，那个老太婆剪掉女人头发的行为是在复仇。只要复仇了，她内心中对儿子的空虚情感就能得到净化。这有什么不对？"

"这……"

不对，完全不对。

明知如此，我却没能马上反驳。

"你的理论太扭曲了，你对自己的行为会招致怎样的结果实在太缺乏想象力了。你没有想过在未来等待那些人的是怎样的人生。你想象过，那些受害的女孩子有多么悲伤吗？"

"呵呵，你还是老样子啊。"

"什么意思？"

七斗把放在桌上的脚移开，然后缓缓地站起身来。他像蜥蜴或是青蛙一样飞快地跳到桌子上，俯视着我。

"你还是摆出一副优等生的样子，尽说些大道理。你根本就没有想过你自己伤人有多深吧？你可没有资格说我想象力不足。"

我感觉我的腿在颤抖，仿佛那不是自己的一样。

"你想说什么？"

"任何时候我都是非常真诚和女孩交往的，然而每次她们都只在我身上寻求芥川龙之介的幻影，你也一样。你们这样的女人一拥而上，根本不去了解我的内心，只会对着我连喊'芥川芥川芥川芥川'，你们只会这样伤害我的内心。你们这样就有想象力了吗？在我长得像芥川龙之介之前，你有把我当作一个人来看待过吗？"

"这……"

曾经的我什么都没有思考，一味地追求芥川龙之介。仅仅因为眼前这人的外表长得像芥川大人，我就接受他的追求，和他交往了。

我喜欢的不是他本人，只是因为他长得像芥川龙之介才受到他的吸引，七斗在和我交往之后得知到这一点，一定非常失望吧。

从这种意义上看来，也可以说制造这种受绝望支配而做出残暴行为的人的，正是我自己……

也就是说，这件事情不应该责怪他，我才是万恶的根源。

"牢骚已经发够了吧？"

不知从哪里传来一个低沉而温柔的声音。

我回头一看，那里站着一个身穿黑色外套的瘦高男人，他的容颜与芥川龙之介简直一模一样。

在我身前和身后，各有一个酷似芥川龙之介的人。然而，他们的内心完全不同，恰是善与恶的对立。

"你说，没有人在意你的内心，而只在意你的外表？你想错了，那只是因为你的内心不足以超越外表，你只是个没有内在的幻影罢了。在我的人生之中似乎总是有幻影缠着我。"

芥川大人曾说，他遭遇了两次幻影，根据这番经历，他才写下了《两封信》这部短篇小说。

"还有，你对于《罗生门》的解读也大错特错。"

我不禁觉得，站在这里的人就是芥川龙之介本人。

他既是老师，也是芥川龙之介。

不仅是外表，我还感受到他的内在也和芥川龙之介一样。

此时此刻，芥川大人就在这里。

"仆人的去向无人知晓——这个故事之所以存在，就是为了让这句话来结尾。一切都是为了这终结的一句话而开始的。我不得不依靠写小说的想象力来吃饭，我只是将自己的这种生存姿态投影到了盗贼身上而已。我认为活着写小说，写小说又是为了活着是一件羞耻的事情。但如果这能让我活下去，我也不得不厚着脸皮地继续做下去。我只能将周遭的一切化为燃料，推动自己前进。这种兽性时而会让利己主义占上风，导致我伤害周围的人。但我绝非将伦理当作草芥，也并非推崇人们去做出野蛮行径。在兽性之外，还有法律与伦理，抑或是众神所定下的监牢。而是否要走出监牢，就要看个人的选择了。走出监牢的人，必然会面对相应的危险，如果他有承担危险的心理准备，那也是一种生存方式。在此基础上要活下去，就只能不顾一切地前进，仅此而已。在那个故事里，最为重要的是仆人选择了活下去。而将这个故事解读成野蛮的胜利什么的，真是愚蠢透顶。"

芥川大人朝七斗走近了一步。

"你，你别过来啊……"

七斗跳下桌子，重新回到桌子前，从抽屉里拿出一把手枪，摆出射击姿势。

而芥川大人毫不畏惧地继续缩短距离，微笑道："你尽管试试，你敢吗？"

芥川大人拿出一台手机，正是我送给他的那个，然后打开相机连续拍摄。

"住，住手……"

"好你个警察，竟然拿枪指着市民，真有意思。来啊，用手枪对着自己的感觉如何啊？"

芥川大人用手轻轻摸了下手枪。

"住手啊啊啊啊啊！住手啊啊啊啊啊！"

这是七斗最后的悲鸣。他翻着白眼，身体就像断线风筝一样静静地倒下了。

接着，芥川大人将身子靠在派出所的墙壁上。看到他那苍白的脸庞，我不禁觉得，他由芥川大人变回了老师。

"我好害怕……我还活着吗？"

"老师……不，芥川大人。你就是芥川大人吧？"

然而老师不作答。

在我眼前的，到底是茶川龙之介呢，还是芥川龙之介呢？

我明白这个二选一很脱离现实。

但是对我而言，无论他是谁都无所谓。

因为我只是喜欢老师而已。

老师开始对我说：

"在当时也有人说，我是在用《罗生门》肯定为了活下去的罪恶。你是怎么认为的？为了肯定罪恶，你会在原稿上写上十几页文字吗？"

老师的这些话是作为作者的想法呢，还是作为无关的人呢？若角度不同，解释也不同。

"我也不知道，我觉得并没有什么正确答案。就连作者本人，也找不出正确答案。但是我可以肯定，那部作品的方向并非死亡，而是生存。至少，芥川大人在写这个故事的时候，是想活下去的。"

老师露出寂寞的笑容，道：

"真是这样吗？唯有一件事情我可以肯定，那就是人在直到死亡的瞬间，都是活着的。从这个意义上而言，不论是自己选择死亡的人，还是将生命交付给命运的人，到此刻都是平等的。"

老师从怀里取出和平牌香烟，叼在嘴里。但他似乎马上想起屋外贴有禁止吸烟的告示，便又收了回去。

"我觉得自己做了一个很长的梦，这些日子真是快乐。"

老师费尽全身力气似的站起身来，背对着我迈出脚步。

"你要去哪儿？"

"回家。"

"是回那个家吗？"

"还有其他家吗？"

"你不回原来的世界了吗？"

我感觉老师就是真正的芥川龙之介。如果真是这样，老师就无法一直留在这个世界了。

"原来的世界吗？我也不知道是否真有那种东西。我只觉得，这是一场漫长的梦。但是，我被剪刀刺伤了，还那么痛，却仍然无法从梦里醒过来。难道这个梦真的如此漫长而真实，甚至超越了我的常识？"

"按照现实的说法，老师可能得了芥川龙之介病了吧。"

"芥川龙之介病？"

"是的。就是沉迷于芥川龙之介的小说，不知不觉之间就错以为自己是芥川龙之介本人了。"

"荒唐。"老师笑道，"我只是一个微不足道的小说家，我本来注定不久就会死去……其实我服了毒自杀，本应死了才对。可当我醒来的时候，发现自己正身处罗生门之中。我在那里看到一个在人群之中凄惨死去的女人，我心想一定要去救她。于是，我就被送到了这个世界。唯一能让我接受的概念就是，最近这个世界非常流行的'异世界转生'。为什么我会成为这个茶川富豪，连我自己也不清楚其中的过程。只是，在我醒来之后，我就不再是芥川龙之介，而是茶川龙之介了。"

"转生……就是那个最近在轻小说业界非常流行的那个？"

"轮回转生本来是佛教的概念，我也对此震惊不已。在这个世界说起文学家，我居然会仅次于夏目漱石。恐怕其中也有菊池宽那家伙以我的名字创立了文学奖项的缘故吧。不过也不知道为什么直木三十五居然反而不怎么有名了，明明当时他的书比我畅销得多。

总之，根据这些情况来看，这里似乎并非我知道的世界，完全是异世界。如果我不是在做梦，那就是我死后转生到异世界来了。”

“既然是转生，那就不会回到以前的世界了吧？”

“好像是不可逆的。要在毫无道理的世界里接受这一切，这难道不就是毫无道理的吗？一个缺少预算的债务大国却要为东京奥林匹克运动会使用税款，我终究还是无法接受这等毫无道理的事情是现实。所以说，我现在应该生活在异世界之中。”

异世界吗？

我不禁思考起来。每当我投身到芥川龙之介的世界之中时，都会觉得自己仿佛来到了异世界一般，有一种奇妙的悬浮感。那种感觉就像是进入了水墨画之中。我就是为了一次又一次地体会那种硬质的世界，才会不厌其烦地解读芥川大人的书。

曾活在异世界中的我，与从异世界来到这里的芥川龙之介大人相遇了。也许，他其实是从平行世界的过去穿越而来的。在那个世界里，也许当时的芥川大人只是个没有名气的文人，即使到了现代也仍未得到任何名声。

如果是这样，对他来说，比起去到同一个时间轴的未来，或许还是来到这个世界更好。

我自己也觉得自己的想法十分荒诞，心中也还有一切都只是老师的幻想，完全可以一笑置之的想法。但要相信什么，本就该由我自己来选择。

“以后我该怎么称呼你呢？”

“就按照至今为止的一样，称呼我为‘老师’就好。”

“好的，老师，我们回家吧。”

“唔……在那之前还得报警。能拜托你吗？我就先回去了。”

的确，老师跟七斗长得如此相似，还是先回家比较好。

"还有，万恶之源并非这个男人。在背后操控他的，应该另有其人。"

"啊……不是七斗，而是另有其人？"

"这家伙只是那个组织的末梢而已。这个世界是接纳了我的世界之后的世界。说是接纳，其实只是说起来好听而已，说得难听一点，即不论好坏都是'误解的群体'。而不论什么群体，都会有核心。处于这个世界中心的，既不是我也不是我的作品，而是那些以误解的原理或原则为武器，执着于权力的人。这个世界的强者到底是谁，我需要慢慢思考。就比如说，前几日在田端车站前的那场骚动，那天的危险分子真的只有那几个被逮捕的人吗？我不这样认为。我想当时几乎在场的所有人都在一定程度上受到了某种思想的荼毒。如果不是这样，一般来说他们根本不可能表现得那么冷漠。"

我回想起当时我感受到的孤独。

如果在场的行人都是共犯——我又回想起他们阴沉的视线，不禁打了个冷战。

就在这时，我注意到派出所里一直开着的电视上面正映出叫作尘野虎太郎的记者的脸。

"罗生门现象不会就此结束，还会继续发生。"

我感到非常不快，于是关掉了电视。

莫非，尘野才是万恶的根源……就在我如此想着的时候，老师像是看穿我的想法一般，打断了我的思绪。

"这个男人也只是个扩音器而已，我还看不到"误解的群体"的核心。你能和我一起寻找吗？"

"当然好啊。"我回答。

老师开心地微笑着，然后迈出脚步。

我看着老师离去的背影，朝他背后说道："老师，我之所以没有成为研究者，是因为觉得研究就像单相思。我实在太喜欢芥川龙之介了，每当追寻他的时候，我都会心痛，我无法忍受他已经不在这个世界的事实。我甚至想高声大喊，我已经受够了这种单相思。但其实并不是这样，这个世界上只有一个人，只有我能成为这位作者的知已，这才是我的真正想法。"

老师听到这里，停下了脚步，却没有回头。他说："如果你是这样想的，那么这就是正确答案。"

"我想继续研究芥川龙之介。"

"不也挺好的吗？毕竟你身处研究他的最佳环境。今晚就让我来做饭吧，我好久没做了。"

老师说完就离开了。

"好的！"

我得到他的允许了！这真是奇迹。

来自不同世界的两人能够生活在一起，这真是奢侈。

我们并没有什么特别之处，非要说的话，或许这就是爱情吧。

我用放在桌上的文具盒里的剪刀把头发剪掉了。

对于我来说，长发已经不再是必需品了。

仆人的去向，无人知晓。

不就是指的这个吗？

之后，我联系了警察局。我要将这一切都说出来。

11 尻谷美琴的忧郁

还有三十分钟，就要开始直播猜谜节目了。化妆师在完成工作后离开了休息室，美琴正打算歇一口气，就在这时，电话响了起来。

原来是尘野虎太郎打来的。

美琴犹豫了一下，最后还是选择了接电话。

"就是你停止播放那首歌的吧？"

那天，美琴阻止了本应通过无线电台在田端车站前放送的歌曲——《Orange Angel》。美琴调查了一下，发现有人在当地的有线电台点播了这首歌，并且预定了播送时间。

当然，美琴已经从未婚夫尘野口中得知，那正是他的阴谋。于是美琴胁迫经纪人，要求马上以侵犯著作权的名义，让田端车站前的有线电台立即中止实况播送。

"拜你所赐，我准备了好几个月的事情都泡汤了！不可饶恕！这可是国家项目啊！"

"国家项目？"

"没错，我要带领一亿国民进入利益主义社会，建造起排他性机构，回到闭关锁国的时代。首先就从与创作出《罗生门》的芥川龙之介的有缘之地田端开始，让'罗生门计划'不断扩大。这也是让你那首没有名气的歌曲《Orange Angel》出名的大好机会，可是你竟然！"

"就算不做那种事情，我的歌也挺有名的，至少比你有名。"

"喂！你这家伙，是怎么跟你未来丈夫说话的？区区女流！"

"不好意思，我不准备和你结婚。所谓憎恶就是憎恶，并不会成为正义，也不会变成爱。所以，我要让我憎恶的东西彻底远离自己。请你今后再也不要靠近我。要是你敢接近我，我就以跟踪狂限制法起诉你。还有，你好不容易才在电视业界里建立起来的地位也会就此玩完。"

"混蛋……你知道你在说什……"

美琴挂断了电话，然后长长地叹了一口气。

自己的过错不会消失。但是，自己最重要的朋友差点就消失了。还差一点，就能够解除尘野布置好的精神控制装置了。

刚才，弥生打来了一通电话。

她开心地向美琴诉说对"老师"的爱意，美琴在觉得羡慕的同时，心中也充满了爱。从高中时代起，美琴就一直很喜欢弥生。而弥生一定一辈子都不会察觉到美琴的想法吧，毕竟她是那么粗心的女孩。

"我也得变得幸福才行啊。"

"毕竟学姐可是全世界的尻谷美琴嘛。"

——既然弥生都这么说了，那么我也只能拼搏到底了。

美琴真心起誓。

"美琴，到时间了。"

经纪人又不敲门就打开了休息室的门。

美琴抓起经纪人的领带说道：

"下次再不敲门我就杀了你。还有，取消婚约发表会吧，就跟媒体说这是报道失误。另外，我要继续当偶像。"

"啊……啊？"

"你以为我是谁？我可是全世界的尻谷美琴。好了，赶紧去告诉媒体这些消息吧。赶紧的，蠢蛋！"

"好……好的……"

经纪人五官都扭曲了，却还是挤出笑容。

如果说尘野所说的话中唯一能用的道理，那就是在这个世上，只有摆出强硬态度的人才是老大。

所以，美琴不会再向谁屈服。

美琴仔细检查了一下妆容，然后走向了舞台。

世界正在等她。

《Orange Angel》是美琴第一次尝试自己作词的歌曲，歌词里的"孩子"，指的就是弥生。这首歌是美琴以弥生最喜欢的芥川龙之介的短篇小说——《橘子》为原型而进行创作的。

"就像那天，

将橘子扔过来的孩子一样，

我也要放空这份心情，

之后一切才会开始。"

"没错，"美琴自言自语道，"之后一切才会开始。"

12 非人者们的杂谈

"看来是要解雇了。"玻璃公司经理盖尔吸了口烟，又缓缓地吐了出去。

"就算解雇了，那家伙还是不能吃啊，毕竟是人类。"哲学家马古说道。

"是啊。不过根据我们的法律，可以吃掉解雇的人来着。"

"呜！呼！"

在他们的世界，这句话的意思是"啊啊"的感叹。

"算了，你想怎么样就怎么样吧。"

马古不会直接行动，他只会说一些深不可测的话，催促别人行动。但因为这正是自己的职责，所以盖尔才会真挚地接受马古嚣张的发言。

"就算是人类，也不至于不能吃啊。"

"你是认真的吗？你要吃掉那个尘野？不行，不行，不行。"

"当然，Qua。"

Qua就是Yes的意思。

"人类真的很臭。"盖尔仿佛回想起了人类的气味，整张脸都扭曲了。

"Qua，也就是说，我们不会主动去吃人类。所以别管他了，那样的男人怎样都好，让他失去工作就够了。最重要的是……"说到这里，哲学家马古顿了顿，"接下来，要相信我们种族之外的人的话。"

"你是指什么？"

"和至今为止一样，只能继续遵从格鲁克君——不，芥呱君的《罗生门》这一圣典了。"（注：格鲁克是指德国作曲家克里斯托弗·威利巴尔德·格鲁克，在十八中叶进行的歌剧改革中有重大贡献；说话者误将芥川"akutagawa"念成了芥呱"akutagua"。）

"可是，计划却被芥呱君自己给阻止了。"

"那是因为尘野失败了。"

"原来如此。"

"总之，我会再去读一遍《罗生门》。也许里面会有什么提示，方便我们下次行动。"

马古想改变的其实是他们自己的世界，但是他们有必要先净化这个比他们的世界还要脏上几分的世界。

于是，他们遵从圣典，设立计划，并吩咐尘野去唆使曾经在这个世界上拥有强大能力的人实施。

然而，他们最后还是回到了起跑线。这也是无可奈何的事情，不论什么事情最后都会这样。车轮也是如此，一圈之后又是一圈。

"对于我们而言，只有一个好消息。"

"什么好消息？"

"终于要下雨了。"

听到这句话，盖尔方佛忘却了一切苦涩，露出笑容。然后他吸起烟来，开心地吐出烟雾。

"Qua,Qua，真是太好了，可喜可贺啊！"

之后，两人再也没有提起过那个计划。

我终于还是把秘密透露给弥生了。这样真的好吗？但毕竟覆水难收，说出去的话又怎能吞回来呢？

今后，我与弥生应该如何是好呢？

我这么一个活着毫无价值的流浪文士，就这样把她束缚在身边真的好吗……

我烦恼着回到家里，只见昏暗的走廊中有两只发着白光的眼睛等待着我。

“你总算明白‘你就是真凶’是什么意思了。”

我打开灯，发现裤垂正随意躺在走廊上，还把一只西瓜虫弄成一团玩弄着。就在这时，外面“哗啦啦”地下起了雨，下得这么急，一定是阵雨。

“这个我是知道的。当我帮‘剪头发的老太婆’提袋子的时候，她对我说‘总是麻烦你，真是太感谢了’。当时我以为她对谁都会这么说，事后才觉得很奇怪。如果她只是不想让对方以为她忘记了对方是谁，那她大可不必说‘总是’，只道谢就可以了。也就是说，她曾经应该受过我的照顾，我却没有任何印象。如此一来，我自然就会想到，在田端还有另外一个人与我长得相似。实际上，我到车站前找了几个人打听了一下，没费多少工夫就得知在那个派出所有个警察长得很像我。不过我没想到，他居然会是弥生的前男友。”

“你以为我给你展现的地狱绘图会就这样消失吗？”

“不是已经消失了吗？”

“但又会出现其他的地狱绘图。”

"什么……"

"悲剧无处不在。悲剧的本质,你应该相当了解吧?也就是误解的群体。误解的群体在这个世界总是随处可见。没错,就是出现在你视野里的齿轮幻影。误解的车轮还在不断旋转,任何人都无法使之停下,就算是你这个作者也办不到。最终一切都会被误解粉碎。"

"弥生的生命又会受到威胁?"

"呵呵,谁知道呢?搞不好下次会是你们两个人都有危险。但唯有一件事情我可以肯定,那就是你们现在还活着。你们就好好珍惜现在吧。"

袴垂说完,高高跳起,贴到天花板上。

"你要去哪里,回罗生门吗?"

"呵呵,我哪有什么可归之处啊。这不是你决定的吗?仆人的去向无人知晓。谁都不知道。非要给你个提示的话,那就是我是一个得到了魔法力量的稀有盗贼。杜子春那个笨蛋没能得到的魔法,却让我得到了。不可思议的是,在把魔法传授给我之后,仙人自己却变成了充满私欲的无聊男人,逃到这个世界来了。他的名字就是尘野虎太郎。看来即使是仙人,只要有私欲,就会成为一个蠢货。你也即将开始每日与私欲的战斗。这次,你就找出自杀之外的答案给我看看吧。再见了,龙之介。"

"啊……"

下一个瞬间,袴垂就消失了。我多希望能再多观察一下她那丰满的身体啊。原来尘野虎太郎的真实身份是堕落于这个世界的仙人啊。如此看来,在我抢先冲到老太婆面前,想护住弥生的时候,为了阻止我而直接朝我意识说话的人就是那个男人吧。

自杀之外的答案吗?

说到底,我也只能通过写字来找到这个答案了。毕竟我是个作家。那么，就在这个世界好好找找，怎样才能成为作家吧。

我记得，好像有个叫“角川”的出版社弄了个叫作“写与读”的网站，我就试着把新书投到这个网站上吧。

我又听到了雨声。其间，我听到了非人者的谈话。

“呜！呼！这次被发现了。不好，还是先逃吧。”

“但我们还会回来的。不要忘记Rain Coat。”

“Qua！不要忘记Rain Coat。”

随着雨声变小，他们的声音也变得遥远了。原来他们也在这个世界啊，而且一如既往地观察着我。没错，他们就是河童（Rain Coat）。原来真正的黑幕就是他们啊。

就在这时，拉门“哐啷”一声被人拉开了。

外面的阳光射进屋里，雨好像也停了。

“我回来了。”

出现在我眼前的是弥生……弥生？

我擦了擦眼睛，再次确认了一番。

站在那里的的确是弥生，却又不是我所熟悉的弥生——她的头发变短了。

“怎么剪这么短，真的好吗？”

我并没有责怪弥生的意思，可她却噘起嘴，擦了擦稍微被雨水淋湿的头发。

“你不喜欢吗？可对我来说，已经不再需要长发了。”

我该说短发很适合她吗？不，我应该坦率地称赞她可爱才对。还是对她说“我重新喜欢上你了”才是正确的？然而，这种话怎么可能从我口中说出呢？

“唔……我还是不太习惯这个世界的女人的发型。”

“那就请你习惯。还有，还是别把女人称呼为女人比较好。”

"女人不就是女人吗？有什么奇怪的？"

"我不是这个意思。"

"那是什么意思啊？"

"算了。"

"我可不想算了。唉，还是算了吧。总之，你又不打算出家为尼，剪这么短成何体统啊？"

虽然很可爱，美丽得让我心动，可作为女人而言，这也太短了吧？不，不要说这种没必要的话，诚实地夸赞她吧，龙之介。

"那你别看不就好了嘛。"

唉，惹她生气了。

"你就这么讨厌我现在的头发吗？"

"我可从没说过讨厌啊，我觉得这个发型十分有趣。"

我为了掩饰自己害羞的心情，拿了支和平牌香烟叼在嘴里。

"你这应该不是在夸奖人吧？"

"不，就是在夸奖你啊。应该是在夸奖你。"

"你到底是在夸还是在损啊？"弥生别过脸去，生气道。

唉，真是的，这个女人真让人头疼。

我伸手轻抚她的头发，说道："总之，能再看到你的头发，真是太好了。"

"啊……"

听到我发自内心的感想，弥生脸红了。

我轻轻吐出一口白烟。我已经很多天没有像现在这样将焦油吸进肺部深处了。

啊，我还活着。奇怪的是，我现在一点想死的心情也没有。

"弥生，活着真是件美好的事情啊。"

说完，我轻轻抱住弥生，将她拉进怀抱。我希望不再松开手，不再失去她——我在心中重复地默念道。

终于，我们的双唇重合在一起。

之后的去向，我们也不知晓。

一看到后记（ATOGAKI）这个词，我就想起了文豪A，这是不是有点像字谜呢？或许正是因为如此，我才产生了一种错觉，仿佛现在仍是文豪A的世界的延伸。

我有些记不清自己是在什么时候与文豪A相遇的了，或许是在初中吧，也有可能是在高中。我记得，我在看了《鼻子》之后，又找来《橘子》和《杜子春》拜读了一番。

我最喜欢的还是《橘子》。我到现在还觉得，那篇文章是一个极为优秀的"日常性解谜"。说起文豪A的推理小说，《竹林中》应该非常有名。但要说起融合了美学与日常解谜，作为推理小说出道的作品，我就不得不第一个提起《橘子》了。它作为这类作品的起源，将"根据动机不同，看到的景象也完全不同"这一理念表现得淋漓尽致，堪称展现动机（whydunit）作品中的杰作。

一个穿着寒碜、肮脏的少女，突然打开窗子向外扔了几个橘子。当终于发现她行为的意义时，梶井基次郎在旧书店摆上柠檬一举也展现出了崇高之意。

柠檬与橘子应该都是柑橘类的吧。它们以独有的清新香气，在虚构之中升华，来到现实之中，产生了不可思议的作用。

既然这种香气能从虚构来到现实，那么虚构与现实之间一定有着河童可以通过的道路吧。而从河童的通道中传出来的不一定是清爽的香气，偶尔也可能是臭气。例如从罗生门堆积如山的死尸之中传出来的浓厚臭气，在给人以诡诞感觉的同时还带有很强的毒性。高中时代的我就饱受这种毒性侵蚀，甚至在一段时间里，只写类似于《罗生门》这种类型的文章。

说起来，多年前我曾在网络上写过一些叫作"aktgw（Akutagawa）**（注：芥川的日语发音为Akutagawa）**"的文章片段。这个故事的主人公是一个叫作华影忍的小说家，他为了体会芥川龙之介的感受而接受注射了"aktgw病毒"。对了，这个角色在《四季彩色的莎乐美或是背德的省察》与《殉情侦探》中均有出场。

有人向华影忍介绍了一个当实验对象的兼职，于是他来到了一家名为"龙公司"的药品公司。这家公司位于冷清的杂居楼四楼，在这里进行着"aktgw病毒"的开发。

一个自称是所长的男人对忍说："来到这里的人，都是想看到芥川龙之介的新作品的家伙。既然这世上有人会去看那么多平凡无奇的文学作品，那么也一定有许多人想看芥川的新作品。于是，我司的'aktgw病毒'就应运而生了。"

公司安排给华影忍的任务是自己给自己注射病毒，并写出芥川的新作品。忍以为注射一管试剂就能写出芥川的新作品，便高兴地成了实验对象，试着给自己注射了一管病毒。一开始他呕吐，接着头晕，不久就蹲在原地站不起来了。之后，他逐渐觉得平时看到的景象都变成了粗糙的颗粒。在那些颗粒的缝隙之间，又出现了完全不同的具有象征性的景象。忍心想：就是这个了！如此一来，自己也能成为芥川龙之介了。

"快把电脑……快把电脑给我！"

就这样，他在中毒的道路上越走越远——就是这样一个故事。

要说的话，这其实就像是我在高中时期写的《罗生门》读后感。

仿佛早就将没有意义的东西从空虚的神经之中抽出一般，这样的文体可谓颇具毒性。读者自不用说，就连作为作者，越是触及这类文体也越会上瘾，真可说是危险的剧毒。

　　这次，我执笔写本书时，接触到了文豪A的多种文体。在此我坦言，我已经完全出现了"aktgw病毒"的中毒症状。后记就到此结束吧。

参考文献

[1]芥川龙之介.芥川龙之介全集.日本:筑摩文库,一九九四年.

[2]中村真一郎.芥川龙之介的世界.日本:岩波现代文库,二〇一五年.

[3]关口安义.读《罗生门》.日本:小泽书店,一九九九年.

[4]关口安义.芥川龙之介新词典.日本:翰林书房,二〇〇三年.

[5]近藤富枝.田端文士村 改版.日本:中公文库,二〇〇三年.

[6]山崎光夫.竹林中的家 解开芥川自杀之谜.日本:文艺春秋,一九九七年.

原作名：《文豪Aの時代錯誤な推理》，作者：森晶麿，绘者：カズアキ，原版设计：西村弘美
BUNGOUA NO JIDAI SAKUGO NA SUIRI
©Akimaro Mori 2018
First published in Japan in 2018 by KADOKAWA CORPORATION, Tokyo.
Simplified Chinese translation rights arranged with KADOKAWA CORPORATION, Tokyo.
Translation copyright ©2019 by Guangzhou Tianwen Kadokawa Animation & Comics Co.,Ltd.
著作版权合同登记号：01-2019-4381

图书在版编目（CIP）数据

文豪A时代错误的推理 / (日) 森晶麿著；(日) 和明绘；张泽阳译. —— 北京：新星出版社，2019.10
ISBN 978-7-5133-3728-1

Ⅰ．①文… Ⅱ．①森… ②和… ③张… Ⅲ．①推理小说—日本—现代 Ⅳ．①I313.45
中国版本图书馆CIP数据核字（2019）第210980号

本书为引进版图书，为最大限度保留原作特色，尊重作者写作习惯，酌情保留了部分外来词汇。特此说明。

文豪A时代错误的推理

〔日〕森晶麿 著；〔日〕和明 绘；张泽阳 译

责任编辑：汪 欣
特约编辑：冯粤凌
责任印制：李珊珊
装帧设计：何晓静 杨 玮

出版发行：新星出版社
出 版 人：马汝军
社　　址：北京市西城区车公庄大街丙 3 号楼　100044
网　　址：www.newstarpress.com
电　　话：010-88310888
传　　真：010-65270449
法律顾问：北京市岳成律师事务所

读者服务：010-88310811　service@newstarpress.com
邮购地址：北京市西城区车公庄大街丙 3 号楼　100044

印　　刷：广州市番禺艺彩印刷联合有限公司
开　　本：890mm×1240mm 1/32
印　　张：7
字　　数：165千字
版　　次：2019年 10 月第一版　2019年 10 月第一次印刷
书　　号：ISBN 978-7-5133-3728-1
定　　价：38.00元

版权专有，侵权必究；如有印装质量问题，请致电：020-38031051